서바이벌 스쿨

우리같이 청소년문고 007
서바이벌 스쿨

초판 2쇄 펴낸날 2012년 5월 5일

지은이 게리 폴슨
옮긴이 신재실
펴낸이 이정옥
기획위원 이상운
펴낸곳 (주)우리같이 **등록** 제406-2011-59호
주소 413-756 경기도 파주시 교하읍 문발리 498-7
전화 031-955-5590 **팩스** 031-955-5599
이메일 withours@gmail.com

ISBN 978-89-961890-8-4 44800
ISBN 978-89-961890-3-9 44800(세트)

이 도서의 국립중앙도서관 출판시도서목록(CIP)은 e-CIP 홈페이지(http://www.nl.go.kr/ecip)와 국가자료공동목록시스템(http://www.nl.go.kr/kolisnet)에서 이용하실 수 있습니다.(CIP제어번호: CIP2011002809)

서바이벌 스쿨

게리 폴슨 지음 | 신재실 옮김

우리같이

사랑하는 딸, 린에게

1

브라이언은 현관문을 열고 멈칫했다. 하나같이 모두 검은색 정장 차림을 한 남자 셋이 현관에 서 있었다. 다들 몸집이 크지만 살은 찌지 않았고, 탄탄한 체격에 용모가 번듯했다. 그중 한 사람은 다른 두 사람보다 몸집이 약간 작았다.

"브라이언 로브슨?"

브라이언은 고개를 끄덕였다.

"네."

몸집이 작은 사람이 미소를 지으며 앞으로 다가와서 손을 내밀었다.

"난 데릭 홀처라고 해. 여기 두 사람은 빌 매널리, 그리고 에릭

밸러드. 좀 들어가도 될까?"

브라이언은 그들이 들어오도록 현관문을 그대로 잡고 있었다.

"어머니는 지금 집에 안 계신데요……."

"우리가 만나려는 사람은 너야."

데릭이 들어오려다 멈추자 다른 두 사람도 따라서 멈췄다.

"물론 너의 어머니 아버지께도 말씀드리겠지만, 우린 널 만나러 왔어. 우리가 올 거라는 전화 받지 않았니?"

브라이언은 고개를 저었다.

"그런 적 없는데요. 제 말은 제가 그런 전화를 받은 적이 없다는 거예요. 어머니도 받지 않았을 거예요. 받았으면 말씀하셨을 테니까요."

"그럼 아버지께서도 못 받으셨고?"

"아버지는…… 여기 안 사세요. 이혼하셨거든요."

"아, 미안."

데릭은 정말로 당황한 표정이었다.

"몰랐어."

"그렇게 됐어요."

브라이언은 어깨를 으쓱했다. 부모의 이혼은 불과 1년 반 전에 일어난 일이라 여전히 엊그제 일처럼 신경이 쓰였다. 그렇지만 그는 얼른 쓰린 마음을 가다듬었다. 바보같이 공연한 말을 했다는 생각이 들어서였다. 어쨌든 알지도 못하는 남자가 셋이나 집 안에 들어와 있었다. 위험해 보이는 사람들 같진 않지만, 알 수 없는 일이었다.

"제가 뭘 도와 드려야 하죠?"

"음, 넌 아무것도 모르고 있는 것 같으니까 어머니께서 오실 때까지 기다리는 게 좋겠다. 우리가 다시 오면 되니까."

브라이언은 고개를 끄덕였다.

"좋으실 대로 하세요. 저…… 그런데 무슨 일인지 모르지만 괜찮다면 제게 말해 주셔도 되는데요."

"그럼 먼저 확인 좀 했으면 하는데. 그러니까 네가 두 달 동안 혼자서 캐나다 삼림지대에 불시착했다가 살아남은 그 브라이언 로브슨 맞지?"

"54일이에요."

브라이언은 그렇게 말했다.

"두 달이 좀 못 돼요. 아무튼 제가 맞아요."

"잘 찾아왔군."

"방송국에서 나오셨어요?"

집으로 돌아오고 나서 브라이언은 몇 달 동안이나 언론의 추적을 받았다. 텔레비전에서 특별방송—방송국 촬영 팀이 나와서 브라이언을 그 야생 숲에 있는 호수까지 다시 데려갔고, 그는 그곳에서 어떻게 살았는지를 카메라에 대고 보여 주었다—이 방영되고 나서도 언론은 그를 가만 놔두지 않았다. 신문사, 방송국, 출판업자들이 집으로 찾아오는 것도 모자라 학교까지 따라 다녔다. 그들을 피하거나 따돌리는 것도 보통 일은 아니었다. 심지어 티셔츠에 브라이언의 얼굴을 박아 넣게 해 달라며 돈을 들이미는 사람도 있었고, '브라이언 로브슨 서바이벌 진Brian Robeson Survival Jeans'이라는 글귀를 새겨 넣은 청바지를 출시하고 싶다는 회사도 있었다.

브라이언의 어머니가 그 모든 일을 다 처리했다. 어머니는 때로 메일을 통해 아버지의 도움을 받기도 했다. 그 결과 브라이언은 대학 진학을 위한 예금 계좌에 상당한 돈을 저축했다. 사실은, 대학을 마치고도 남을 거액이었다. 그러나 마침내 그런 열풍도 잦아들었고, 브라이언은 그런 열풍이 조금도 그립거나 아쉽지 않았다.

물론 처음에는 신나는 일이었다. 하지만 그런 짜릿함은 얼마 못 가 사그라졌다. 브라이언은 유명해졌고 그것 자체는 나쁘지 않았지만, 사람들이 시도 때도 없이 카메라를 들고 그의 뒤를 따라붙고, 그의 삶을 영화로 만들겠다고 덤비기 시작하면서부터 광적인 열풍으로 치닫고 말았다.

브라이언은 학교에서 드보라 매켄지라는 소녀를 알게 되었다. 서로 마음이 통해서 몇 번 데이트를 가졌는데, 곧 언론이 드보라한테까지 따라붙어 귀찮게 했다. 유명세를 치르는 거라 해도 너무 지나친 일이었다. 그러다 보니 브라이언은 뒷문으로 빠져나가게 되었고, 선글라스를 끼고, 드보라를 외딴곳에서 만나고, 학교에서는 복도를 허겁지겁 내닫곤 했다. 사람들의 관심이 사라지자 브라이언은 더없이 기쁘기만 했다. 그런데 그들이 다시 그의 눈앞에 나타난 것이다.

"혹시, 텔레비전 같은 곳에서 일하세요?"

데릭은 고개를 저었다.

"아니, 완전히 잘못 짚었어. 우린 정부 산하의 서바이벌 스쿨에서 일해."

"그럼 교관이세요?"

데릭은 다시 고개를 저었다.

"난 아니야. 빌과 에릭은 교관이지만 난 심리학자야. 우린 극한 상황에서도 살아남아야 하는 사람들을 교육시키는 일을 해. 그러니까 격추된 조종사나 우주 비행사, 군인들 같은 경우지. 그런 사람들한테 어떻게 하면 현지에서 무사히 살아남아서 빠져나올 수 있는지 그 방법을 알려 주는 게 우리 일이야."

"저한테 원하는 게 뭔데요?"

데릭은 미소를 지었다.

"알 것 같은데……."

브라이언은 고개를 가로저었다.

"음, 간단히 말하면, 네가 그걸 다시 해 주었으면 하는 거야."

2

브라이언은 데릭을 노려보았다.

"농담이시겠죠, 그렇죠?"

데릭은 고개를 저었다.

"농담 아니야. 아무래도 어머니가 돌아오시면 여쭤 보는 게 좋을 것 같다. 아버지께도. 나중에 다시 올게."

데릭이 나가려고 돌아서자 다른 두 사람도 아무 말 없이 그를 따라 문간으로 나갔다.

"잠깐만요."

브라이언이 그들을 멈춰 세웠다.

"이해가 잘 안 돼서 그러는데, 확인 좀 할게요. 그러니까 저더러 다시 그 숲으로 가서 그 일을 되풀이하라는 거예요? 손도끼 말고는 아무것도 없이 숲에서 살아 보라는 거냐고요?"

데릭은 고개를 끄덕였다.

"그래 바로 그거야."

"미친 짓이에요. 그건…… 말도 안 되는 일이었어요. 제 말은, 제가 죽을 뻔했다는 거예요. 제가 살아남은 건 순전히 행운이었다고요."

데릭은 머리를 가로저었다.

"아니 그렇지 않아. 행운이 아니었어. 너한텐 행운 말고도 뭔가 남다른 능력이 있었어."

브라이언은 고슴도치가 어둠을 틈타 그의 은신처로 들어온 일을 떠올렸다. 고슴도치한테 손도끼를 던졌는데 그것이 벽에 박힌 바윗돌에 맞아서 불꽃을 일으켰었다. 그때 만약 고슴도치가 들어오지 않았다면 브라이언이 손도끼를 던지는 일은 없었을 것이다. 또 손도끼가 바윗돌에 정통으로 맞지 않았다면, 불꽃도 일어나지 않았을 것이고, 불을 구하지도 못했을 것이다. 그럼 지금 이 자리에서 이 사람과 이런 이야기를 나누는 일도 없었을 것이다.

"대부분은 운이었어요……."

"내가 왜 이런 부탁을 하는지 설명할게."

브라이언은 잠자코 있었다.

"우린 네가 해낸 일을 가르치고 있어. 아니 그러려고 노력한다는 말이 맞을 거야. 사실은 우린 한 번도 그런 일을 실제로 수행해 본 적이 없거든. 그런 일을 직접 겪어 본 사람을 만나 본 적도 없고 말이야. 그러니까 이론 말고 실제로는 거의 아는 게 없다는 얘기지."

데릭이 말을 하면서 어깨를 들먹였다. 그의 양 어깨가 재킷 속에서 움직움직했다.

"우린 그냥 야외로 나가서 살아남는 것처럼 꾸미는, 뭐랄까, 바보 같은 시시한 시험을 하는 거야. 그러니까 아무도 현장에서 그렇게 해야만 했던 경우가 없었던 거지. 모든 게 진짜 한계상황인 상태에서 살아남는 거 말이야."

말끝에 데릭은 브라이언을 똑바로 바라보았다.

"바로 너처럼."

빌 매널리라는 사람이 나섰다.

"네가 우리한테 가르쳐 줬으면 좋겠어. 책이나 팸플릿이나 교육용 영화에 나오는 그렇고 그런 거 말고, 그게 진짜 어떤 건지 사실적으로 가르쳐 주기를 원하는 거야. 그러면 우리가 다른 사람들을 제대로 정확하게 가르칠 수 있을 테니까."

브라이언은 웃음을 띠었다. 웃음을 참을 수 없었다.

"그러니까 한 반 학생들을 다 데리고 나가서 그들에게 제가 한 걸 보여 주겠다는 거예요?"

데릭이 양손을 들고 고개를 저었다.

“아니. 그런 게 아니야. 절대 가짜가 아니야. 아직 계획을 완전히 세우지는 않았지만, 우리 중에 한 사람이 너와 동행할 거야. 그 사람이 그곳에서 너하고 끝까지 함께 지내면서, 네가 사는 방식대로 살고, 네가 하는 걸 관찰하고 배울 생각이야. 우리가 널 보고 배운다는 뜻이야. 공책을 가지고 가서 비망록을 만들고, 모든 걸 기록할 거야. 우린 정말로 네가 그 일을 어떻게 수행하는지 알고 싶어. 하나도 빼놓지 않고 속속들이 모두.”

브라이언은 그의 말을 믿었다. 그의 목소리는 부드럽고 진지하고 눈은 정직했다. 그렇지만 브라이언은 계속 고개를 저었다.

“아저씨가 생각하는 것과는 달라요. 캠핑이 아니었다는 말이에요. 몸무게가 쑥 빠졌지만 그쯤은 아무것도 아니었어요. 전 아예 딴사람이 되어 돌아왔다고요.”

그러면서 브라이언은 생각했다.

‘난 아직도 예전의 내가 아니야. 결코 예전의 나로 돌아가지 못할지도 몰라.’

브라이언은 공원을 걸으면서도 번번이 사냥감을 찾아 나무들을 살피곤 했다. 주위에서 나는 소리 하나하나에도 주의를 기울이지 않을 수 없었다. 그렇게 주변의 소리나 색깔이나 움직임 같은 것에 저절로 신경이 가는 게 부담스럽고 싫을 때도 있었다. 하지만 결국은 그것들을 외면할 수가 없었다. 브라이언은 모든 것들을 살피고, 듣고, 냄새를 맡았다.

"그게 바로 우리가 알고 싶어 하는 거야. 바로 그런 것들이."

데릭이 미소를 띠었다.

"그러니까 당장 거절하지 말았으면 좋겠어. 우리가 다시 와서 어머니를 뵙고 다 말씀드릴게. 그런 다음에 결정해도 늦지 않을 거야. 괜찮지?"

브라이언은 천천히 고개를 끄덕였다.

"좋아요. 말씀만 드리는 거죠, 맞죠?"

"그래. 그럴 거야."

세 남자가 떠난 뒤에 브라이언은 출입구에 걸린 디지털시계를 쳐다보았다. 한 시간 뒤면 어머니가 돌아올 시간이었다. 그동안 공부를 좀 할 게 있었다. 5월 말이라 기말시험을 준비해야 했다. 하지만 브라이언은 공부 대신 저녁밥을 짓기로 했다.

밥을 짓는 게 좋았다.

그때 숲에서 살면서 생긴 변화 중의 하나였다. 브라이언은 그 때를 **그 시절**이라고 불렀다.

그때.

그 시절.

그 일에 대해서 드보라에게 담담하게 다 터놓고 싶었던 때가 있었다. 목숨을 끊으려고 시도했던 순간들을 포함해서 그 모든 것을 전부 다 드보라에게 들려주려고 했었다. 그럴 때면 브라이언은 항상 **그 시절**이란 단어로 이야기를 시작했다.

그 시절.

그로부터 1년이 지나갔다. 주변 세계는 별로 변한 게 없었다. 어머니는 여전히 그 남자를 만났다. 하지만 전처럼 자주 만나지 않아서 브라이언은 그 사이가 오래가지 않을 거라고 생각했다. 그래도 이혼은 여전히 요지부동이었고 앞으로도 그 상태는 변함이 없을 것 같았다. **그 시절** 이후 아버지를 찾아뵈었는데 아버지가 다른 여자와 사랑에 빠져 있었다. 곧 결혼할 모양이었다.

세상은 여전히, 변함없이, 하루하루 발걸음을 내디뎠다.

브라이언 자신이 완전히 바뀐 것에도 아랑곳없이.

그에게 생긴 변화 가운데 하나가 밥 짓기를 좋아하게 되었다는 거였다. 먹을거리, 먹을거리를 준비하고 먹을거리를 보는 것만으로도 대단한 가치가 있었다. 그가 숲에서 먹었던 것과 비교하면 그 하나하나가 다 과분했다. 브라이언은 먹을거리를 꺼내서 그것을 손질하고, 요리하고, 식탁에 올리고, 먹는 일이 너무 즐거웠다. 음식을 입에 넣고 천천히 씹으면서 맛을 음미하는 것도 좋았지만, 다른 사람들이 먹는 것을 지켜보는 일도 그 못지않게 좋았다. 때로 자신이 만든 음식을 어머니가 먹는 모습을 물끄러미 지켜볼 때도 있었다. 한번은 그렇게 보는 게 편치 않았던지 어머니가 살짝 튀긴 소고기 한 점을 포크에 찍어 입에 넣다 말고 브라이언을 쳐다보았다.

“왜 그러니?”

“그냥 먹는 거 보고 있는 거예요.”

브라이언은 그렇게 말했다.

“먹는다는 거, 진짜 대단한 일이에요. 누가 먹는 걸 바라보기만 하는 것도요. 알고 보니 정말 대단한 일이에요.”

“너…… 괜찮니?”

어머니가 물었다.

물론, 브라이언은 괜찮지 않았다. 만약 그런 상태가 괜찮은 거라면, 이제까지 살면서 한 번도 괜찮은 적이 없었는지도 모르는 일이었다. 하지만 그는 웃으면서 고개를 끄덕였다.

“그럼요. 저 멀쩡해요…….”

더 큰 문제는 어머니에게 자신이 괜찮지 않다는 걸 말할 수 없다는 것이었다. 잘못된 것이 무엇인지, 아니 잘못된 것이 과연 있기나 한 건지를 말이다. 그 문제에 대해선 어느 누구에게도 터놓고 말할 수가 없었다. 아무도 그를 이해해 주지 못했기 때문이었다.

아버지와 어머니는 브라이언이 돌아왔을 때 카운슬러와 상담할 것을 고집했다. 다른 무엇보다도 부모님 뜻을 거스르고 싶지 않아서 상담을 했지만, 결국 아무런 도움도 되지 않았다. 카운슬러는 브라이언이 어딘가 정신적인 상처를 받았거나, 어딘가 손상을 입었을 거라고 생각했다. 하지만 사실은 정반대였다. 브라이언은 카운슬러에게 자기가 과거의 자기보다 더 못한 사람이 아니라 더 나은 사람, 그저 단순히 14살에서 15살로 나이를 먹은 게 아니라 그 이상으로 자랐다고 말하고 싶었다. 말하자면 예전보다 훨씬 더 나은 사람이 됐다고 알려 주고 싶었다. 그러나 카운슬러는 그 말을 알아듣지 못했다. 아니 알아들을 수가 없었다. 그때 **그 시절**에 브라이언과 함께 숲에 있지 않았기 때문이었다. 바로 **그 시절**에.

"저는 불을 발견했어요."

브라이언은 카운슬러에게 그렇게 말했다.

"그래, 알겠어. 하지만 넌 이제 돌아왔고……."

브라이언은 그의 말을 가로막았다.

"아니, 그런 말이 아니에요. 선생님은 이해하지 못해요. 저는 진짜로 불을 발견했어요. 수만 년 전에 살았던 사람들이 발견했던 방법 그대로 불을 발견했단 말이에요. 그동안 바윗돌 속에 내내 숨어 있던 불을 제가 그곳에서 발견한 거라고요. 불이 그곳에서 저를 기다리고 있었다는 말이에요. 여기에 성냥이나 라이터가 있으면 뭐해요. 그곳과 딴판인 이곳에서 불을 피우기가 쉬우면 뭐하냐고요. 아무 소용 없는데. 저는 거기서 곧이곧대로 불을 발견했어요. 그건 큰일이었어요. 정말로 큰일……."

카운슬러는 책상 앞에 앉아서 미소를 지으며 고개를 끄덕였다. 브라이언이 하는 말을 이해하려고 애쓰는 듯했지만, 알아듣지 못했다. 숲에 있어 보지 않았기 때문에 알아들을 수가 없었다.

그것이 브라이언에게는 일상이 되어 버렸다. 숲에서 다시 태어난 이후—그는 자신이 다시 태어났다고 생각했다—주변의 새로운 세계와의 관계에서 그는 말을 얼버무리고, 주저할 수밖에 없었다. 브라이언이 사실을 말하면 아무도 그를 믿지 않았고, 아예 입을 닫으면—그는 자신이 점점 더 말수가 적어진다는 사실을 알고 있었다—사람들은 그가 아프다고 생각했다.

어쩔 수 없는 일이었다.

브라이언은 냉동실에서 돼지고기 두 조각을 꺼내 전자레인지에 넣고 녹였다. 그런 다음 요리책을 찾아 책갈피를 휙휙 넘겨 돼지고기 구이 쪽을 폈다.

처음 집에 돌아왔을 때 브라이언은 뭐든지 많이 먹고 싶었다. 햄버거를 하나 사서 먹고 맥아음료를 마시면서도, 그다음에 금방 또 다른 것을 사 먹을 생각을 하곤 했었다. 그런데 그런 과식은 그리 오래가지 않았다. 숲에서 생활하면서 위장이 오그라들었는지 음식이 부담스럽고 아무래도 속이 좋지 않았기 때문에 자연히 과식을 중단했다.

그렇더라도 브라이언은 여전히 음식을 아주 즐겼다. 지금 돼지고기 구이를 준비하면서도 느긋하게 즐기면서 요리했다.

브라이언은 돼지고기에서 비계를 잘라 낸 다음에 빵가루를 묻혀서 예열한 오븐의 유리 접시에 올려놓았다. 고기가 구워지는 동안 다시 시계를 봤다. 어머니는 늦는 일이 없으니까 30분 이내에 돌아올 것이다. 감자도 두 알 접시에 담아 전자레인지에 넣었다. 감자는 몇 분이면 구워지니까 어머니가 오면 굽기 시작할 거고, 그러면 그 남자들이 다시 오기 전에 식사를 끝낼 수 있을 것이다.

3

"정말 맛있게 먹었어."

어머니가 식탁 의자에 몸을 기대고 미소를 지으면서 말했다.

"늘 그렇지만."

브라이언은 고개를 끄덕였다.

"제가 좋아서 하는 거잖아요."

두 사람은 같이 식탁을 치웠다. 둘은 브라이언이 돌아온 이후 이상하게 더 가까워졌다. 부모의 이혼과 어머니의 다른 남자 때문에 적잖이 괴롭긴 했지만, 숲에서 죽음 직전까지 가 보았던 경험으로 인해 브라이언은 자신은 물론 다른 사람들에 대해서도 어느 정도 이해하게 되었다. 브라이언은 자신이 항상 옳은 것이 아니며, 실은 자주 옳지 않다는 것을 깨달았고, 동시에 다른 사람들이 항상 그르지 않다는 것도 알게 되었다.

브라이언은 어머니와 현재의 상황과 자기 자신의 삶 등 그 모든 것을 수긍하게 되었고, 그런 수긍과 함께 자신이 어머니를 존경한다는 사실도 깨달았다.

어머니는 땅을 매매하는 부동산 중개 사무소에서 일하면서 혼자 힘으로 살아가려고 노력하고 있었다. 알고 보니 그것은 보통 힘든 일이 아니었다.

"할 말이 있어요."

브라이언은 식기세척기에 접시를 집어넣으면서 말했다. 그러면서 생각했다. '접시를 가지고 있다는 것, 접시와 냄비와 프라이팬과 요리용 레인지를 가지고 있다는 것, 이것만도 믿기 어려운 일이야.'

"어떤 남자들이 어머니와 의논하러 올 거예요."

"어떤 남자들?"

브라이언은 데릭과 다른 두 사람에 대해 설명했다. 그들이 무엇을 원하는지도.

"정말로 그런 걸 원한다고? 이상한 사람들 아니니? 경찰을 불러야겠다."

브라이언은 어깨를 으쓱했다.

"부르고 싶으면 부르세요. 저도 처음엔 좀 걱정했어요. 그런데 별로 이상하게 굴지도 않았고 멀쩡한 사람들로 보였어요. 그래서 다시 오라고 한 거예요."

어머니는 곰곰이 생각하더니 마침내 고개를 끄덕였다.

"일단 오는지 기다려 보고 그때 봐서 결정을 하자."

그때 기다렸다는 듯이 초인종이 울렸다. 어머니가 현관으로 나갔고 브라이언이 뒤를 따랐다.

데릭이 현관 계단에 혼자 서 있었다. 그는 한 걸음 뒤로 물러나 두 사람이 문구멍으로 자신을 잘 확인할 수 있게 했다.

어머니가 문을 열었다.

"안녕하세요. 데릭 홀처라고 합니다."

"아들한테서 얘기 들었어요. 다른 분들은 같이 안 오셨네요?"

"저만 오는 게 예의가 아닌가 싶어서요. 두 사람은 모텔에 있습니다."

"들어오세요. 커피라도 한잔하시지요."

데릭은 어머니를 따라 들어와 함께 식탁에 앉았다. 그는 브라이언의 어머니에게 자신이 원하는 것—브라이언에게 이미 말했던 그 모든 것—이 무엇인지 설명했다.

"우리는 작전 계획을 짜고 빈틈없이 관리할 겁니다."

데릭이 말했다.

"그리고 가능한 사전 대책은 모두 강구할 겁니다. 물론, 어머님의 허락 없이는 아무것도 할 수 없겠지요. 아버님의 허락 없이도 마찬가지이고요."

데릭이 말을 마쳤다.

브라이언의 어머니는 커피를 홀짝이다가 조심스럽게 잔을 내려놓았다. 날씨 이야기라도 하듯, 그녀의 목소리는 담담했다.

"암만해도 정신 나간 짓이라는 생각이 드네요."

브라이언도 어머니 생각에 반은 동의했다. 그가 돌아온 이후로, 주변의 수많은 아이들과 적지 않은 어른들이 자기들도 그런 경험을 무척이나 해 보고 싶다고 했었다. 즉 손도끼만 가지고 숲에 고립되어 보고 싶다고 말하곤 했다. 그러나 다들 식료품점이 고작 한 블록 반밖에 떨어져 있지 않은데다가 전등불에 소파 쿠션이며 수돗물이 다 갖춰진 집 안에서 그런 말을 했다. 개중 어느 누구도 모기떼가 자신의 콧구멍을 틀어막거나, 캄캄한 밤중에 들리는 소리가 어찌나 무시무시한지 그야말로 아무 생각도 나지 않는 어둠 속에서 그런 말을 한 게 아니었다.

그런 곳으로 다시 가길 원하는 건 정신 나간 짓이었다.

그럼에도 불구하고.

그럼에도 불구하고…….

그럼에도 예의 작은 느낌이 왔다. 브라이언은 머리칼이 곤두서면서 설렘으로 목덜미가 짜릿짜릿했다.

"이상하게 들릴 수도 있겠지만, 브라이언은 유일무이한 경험을 했습니다."

데릭이 말하면서 커피 잔을 조심스럽게 내려놓았다.

"브라이언이 우리를 도우려고만 하면 많은 생명을 구할 수 있을 겁니다."

"아무리 그래도 그건 정신 나간 짓이에요."

어머니는 고개를 저었다.

"당신들이 대체 무슨 생각으로 이런 요구를 하는지 모르겠어요. 이거 아세요? 브라이언이 사라지고 없는 동안 우린 얘가 죽은 줄 알았다고요. 전문가들한테 얘가 살아 있을 가망이 전혀 없다는 소리를 듣고 있다가 얘를 다시 품에 안았어요. 죽었던 우리 애가 살아서 돌아온 거라고요. 그런데 지금 저한테, 그런 애 엄마한테 우리 애를 다시 그곳으로 보내라고 하는 게 말이 돼요?"

데릭은 숨을 들이쉬고 나서 멈췄다가 내쉬었다.

"모르시겠습니까? 그게 바로 우리가 이 일을 해야 하는 이유인데요. 브라이언이 죽었다고 생각했는데 살았으니까요. 그 누구도 하지 못한 일을 브라이언이 해냈으니까요. 만약 브라이언이 자신의 그런 경험을 우리와 나눈다면, 그걸 우리에게 보여 주고, 우리가 그걸 경험하게 해 준다면, 같은 위기 상황에 처할 다른 사람들을 구할 수 있을 거라고 확신해서 이러는 겁니다. 물론 브라이언이 스스로 터득한 살아남는 방법 자체가 중요한 건 아닙니다. 우린 그 사실에 대해서는 거의 다 알고 있습니다. 적어도 살아남는 법을 가르치는 선생님이라면 다들 알고 있습니다.

중요한 건, 브라이언의 생각입니다. 그런 상황에서의 브라이언의 심리적 과정, 어떤 심리가 어떻게 작용했기에 그런 상황에서 살아남을 수 있었느냐 하는 겁니다. 진짜 중요한 건 그겁니다."

"제가 해야 해요."

브라이언이 말했다.

'맙소사. 이게 내 목소리야?'

두 사람이 동시에 브라이언을 쳐다봤다. 데릭은 놀라고, 어머니는 충격을 받은 표정이었다.

"뭐라고?"

브라이언은 식탁 의자로 몸을 젖혔다.

"알아요, 어머니. 하지만 아저씨 말이 옳아요. 전…… 그곳에서 뭔가를 배웠어요. 사는 법을요. 그러니까 어떻게 살아야 하는지를 배웠다는 말이에요. 만약 그게 다른 사람들을 도울 수 있다면, 그렇게 하겠어요."

"사례금이 있습니다."

데릭이 말했다.

"계약을 하게 되면 정부가 이 도움에 대해 충분한 사례금을 지급할 겁니다."

어머니는 여전히 브라이언을 노려보고 있었다. 하지만 그는 어머니가 이해했다는 것을 알았다. 브라이언은 그걸 알 수 있었다. 그가 돌아온 이후 둘 사이에는 많은 교감이 있었고, 많은 이

해가 있었다. 어머니는 브라이언을 어린애가 아닌 성인으로 대했으며 그의 마음속을 헤아려 주었다. 그런데도 어머니는 주저했고, 얼굴에는 근심이 서려 있었다.

"자신 있어? 정말 자신 있는 거야?"

브라이언은 한숨을 내쉬었다.

"해야 해요. 그게 다른 사람들을 돕는 일이라면."

어머니는 고개를 천천히 끄덕이면서 아랫입술을 지그시 깨물었다. 그러나 분명히 고개를 끄덕였다.

"애 아버지한테 전화해야겠어요."

어머니가 말했다.

"그 사람은 안 된다고 할지도 몰라요."

그러나 브라이언은 알고 있었다.

자신이 갈 것이라는 것을.

4

이상하게도 브라이언은 삼림(森林) 비행기(bush plane, 도로 체계가 불충분하거나 전혀 없는 삼림지대에서 운행되는 수륙양용 소형 비행기: 옮긴이)에 어렵지 않게 탑승했다. 한때는 소형 비행기에는 다시는 탑승하지 않으리라 생각했었다. **그 시절** 이후 아버지를 뵈러 갈 때도 그런 비행기에는 탑승하기가 싫었다. 그런데 지금 브라이언은 비행기에 기어올라 느긋하게 뒷좌석에 자리를 잡았다. 전과 같으면서도 어쩐지 뭔가 다른 느낌이 들었다.

데릭은 앞쪽으로 들어와 조종사 옆 좌석에 앉고 나서 브라이언을 돌아보았다.

"어때, 불안하지 않아?"

브라이언은 고개를 저었다. 그는 창밖으로 스테이션왜건(station wagon, 접의자 방식의 좌석이 붙어 있고 좌석을 젖혀 차내의 뒤쪽에 짐을 실을 수 있도록 뒤에도 문이 달려 있는 승용차: 옮긴이) 옆에 서 있는 어머니를 쳐다보았다. 그들이 있는 작은 공항은 지난번과 다른 공항이었지만, 그들이 타고 온 스테이션왜건은 지난번과 똑같이 엉터리 갈색 목재 짐칸이 부착된 왜건이었다. 어머니는 브라이언이 얼굴을 돌리고 자신을 쳐다보는 것을 보고는 손을 흔들었다. 브라이언도 손을 흔들면서 어머니가 볼 수 있도록 "안녕"이라고 입모양을 해 보였다.

조종사가 시동을 걸자 브라이언은 소음에 놀라서 벌떡 일어섰지만 곧바로 다시 자리에 앉았다.

브라이언은 아직도 자신이 하고 있는 일이 완전히 믿기지 않았다. 반은 꿈을 꾸는 것 같았다. 데릭이 처음 그에게 온 지 2주가 지났고, 그동안 그들은 함께 세부 계획을 세웠다. 브라이언은 어머니에게 좀 더 확신을 심어 주었고 전화로 아버지까지 설득했다. 그런 뒤에 데릭이 지도와 계획서를 들고 다시 왔다. 그리고 그들은 모든 과정에 어머니를 참여시켰다.

데릭은 자신이 꼭 가야겠다고 했다. 살아남기에 대한 지식이 별로 없거나 전혀 없지만 그는 심리학자였고, 그들이 배우고 싶었던 것도 바로 그런 면이기 때문이었다.

그들은 삼림지대 복판에 있는 호수를 골라잡았다. 브라이언이 처음 추락했던 호수에서 동쪽으로 약 160킬로미터 정도 떨어진 곳이었다. 브라이언의 어머니는 똑같은 호수를 사용하자고 했지만 데릭은 생각이 달랐다. 그들이 원하는 것은 브라이언이 완전히 새로운 경험을 하는 것이었다. 그 호수는 지도상에도 이름이 없었다. 그 호수에서 시작된 강이 동남쪽으로 흐르다가 지도에서 사라진 채였다.

"우리는 주의 깊게 호수를 선정했습니다."

데릭이 펠트펜으로 호수에 원을 그리며 말했다. 다들 식탁에 앉아 있었다.

"이 호수는 브라이언이 추락했던 호수와 같은 지형입니다. 고도도 거의 같고, 숲도 같은 유형입니다."

"구조대와의 거리는 얼마나 되죠?"

브라이언의 어머니가 물었다.

데릭은 미소를 지었다.

"우리는 무전기를 갖고 다닐 겁니다. 혹시라도 문제가 발생하면 서너 시간 이내에 비행기를 부를 수 있습니다. 조금도 걱정하지 마십시오."

"그래도 걱정이 돼요. 아무래도요."

'어머니가 정말 많이 걱정하셨구나.'

비행기가 활주로로 나갈 때 브라이언은 어머니를 지켜보며 생각했다. 점점 작아지는 어머니의 모습을 바라보다가 엔진이 가속하는 소음에 다시 움찔 놀랐다. 비행기가 너무나 쉽게 하늘로 날아오르자 브라이언은 또 한 번 놀랐다.

브라이언은 갑자기 두려워졌다.

어쩔 도리가 없었다. 호흡도 빨라졌다. 앞의 조종사를 바라보자 생각이 밀려들었다.

'또다시 시작이야. 조종사와 엔진, 저 둘 중 하나라도 문제가 생기면 비행기가 추락하겠지. 조종사가 죽으면, 조종사가 죽었는데 데릭이 조종할 줄 모른다면, 앞에서 비행기를 조종할 사람이 아무도 없게 될 거고, 그러면 내가 앞으로 달려들어서 조종간을 잡고, 어떻게든 방향타의 페달을 밟아 보려고 하겠지…….'

브라이언은 머리를 흔들었다.

'이번에는 쉬워, 쉬워, 쉬워. 자, 숨을 깊이 쉬고, 파이팅이야.'

추락의 기억이 브라이언의 마음속으로 물밀듯이 몰려왔다. 비행기가 나무들을 뚫고 옆의 죽은 조종사와 함께 청록색 물속으로 추락하는 잔영이 불현듯 그의 머릿속을 꽉 메웠다.

브라이언은 숨을 깊이 들이마시고 가만히 있었다. 그렇게 그 잔영을 물리쳤다. 집으로 돌아온 후 브라이언은 계속 꿈을 꾸었다. 그가 다시 비행기를 타고 아버지를 찾아뵌 이후에도 꿈은 계속되었다. 악몽이라기보다는 숲 속에서 추락하여 보냈던 그때를 다시 체험하는 꿈이었다.

그 시절.

그러나 지금은 상황이 달랐다. 완전히 달랐다. 브라이언은 조종사를 바라보았다. 제이크보다 훨씬 젊은 조종사였다. 조종사는 비행기 계기판에 카세트 레코더를 강력 테이프로 부착해 놓고 소형 헤드폰으로 록 음악을 들으면서 턱을 깐닥깐닥 움직일 정도로 젊은 사람이었다. 그는 좌석에 느긋하게 앉아서 손가락을 조종간에 가볍게 올려놓고 여유롭게 비행을 하고 있었다. 그런 느긋한 조종과 음악을 들으며 움직이는 여유에 브라이언의 긴장도 풀리는 것 같았다.

브라이언은 몸을 뒤로 젖히고 창밖을 찬찬히 내다보았다. 아래쪽으로 오른쪽 바퀴 옆에 달린 수륙 양용 플로트(amphibious float, 수륙양용 비행기에 부착되어 부력으로 뜰 수 있도록 만든 장치: 옮긴이)가 보였다. 그들이 내릴 때는 바로 호수에 착수할 예정이지만, 조종사는 굳은 땅에서도 이륙할 수 있었다.

덩치가 큰 플로트가 달렸는데도, 비행기의 속력을 크게 늦추는 것 같지는 않았다. 플로트는 나무 위를 스치듯 빨리 날았고, 비행기가 충분한 고도에 오르자 비로소 느리게 움직이는 듯했다.

데릭은 말없이 창밖만 내다보고 있었다. 그제야 브라이언은 데릭을 만난 이후로 처음으로 그가 입을 다물고 있다는 사실을 깨달았다. 데릭은 브라이언에게 끝없이 질문을 했었다.

데릭은 브라이언의 "모험"(그의 표현대로라면)을 모두 읽었고, 뉴스스토리를 모두 테이프에 담았으며, 브라이언에게 일어난 일을 모두 암기한 사람처럼 굴었다.

"초크체리 열매를 먹고 얼마나 지난 후에 탈이 났지?"

데릭은 이런 질문을 던지곤 했다.

"변을 보는 습관에 혹시 어떤 변화라도 있었어?"

"에이, 농담하지 마세요."

브라이언이 그렇게 대꾸하면 데릭은 심각한 표정을 짓곤 했다.

"농담이 아니야, 정말로. 이 모든 게 중요해. 이런 정보들이 목숨을 구하게 되는 거니까. 이런 게 정말로 아주 중요해."

브라이언은 데릭의 관심이 진심이라는 것을 깨달았다. 자기 집 주방에서 식탁 한가득 지도를 펼쳐 놓고 앉아 있던 그 순간까지도 브라이언은 여전히 갈까 말까 확신이 없었다. 자기 입으로 가겠다고 말을 했고, 갈 것이라고 생각했지만, 전적으로 확신이 선 건 아니었다. 그런데 데릭의 표정을 보고 나서야, 자신에게 제대로 배워서 다른 사람들을 도와주고 싶어 하는 데릭의 진심이 그대로 느껴져서 완전히 확신할 수 있었다.

그래서 지금 브라이언은 삼림 비행기를 타고 북쪽으로 향하고 있었고, 그래서 그런지 이번 일이 논리적으로도 그렇고 완전히 옳은 일로 여겨졌다. 다시 가는 것이 세상에서 가장 정상적인 일처럼 보였다.

브라이언은 창밖으로 오른쪽 플로트의 저 아래를 내려다봤다. 반 시간 동안 비행했는데 벌써 숲을 넘어가고 있었다. 아직 여기저기 농장이 보이긴 했지만, 내려다보는 사이에도 그 수는 점점 줄어들었다. 비행기 앞으로 눈을 돌리자, 빙글빙글 돌아가는 프로펠러 사이로 나무들이 지평선까지 끝없이 펼쳐져 있는 것이 보였다.

두려움이 사라지면서, 아니 두려움이 억제되면서 숲의 어떤 매력에 브라이언의 마음이 마구 끌리는 것도 놀라운 일이었다.

그때 호수에 있으면서 브라이언의 생각이 바뀌었었다. 바뀔 수밖에 없었다. 바뀌지 않았다면 살아남지 못했을 테니까. 브라이언은 본래 상태로 되돌아가서, 숲의 일부가 되어야 했고, 한 마리 동물이 될 수밖에 없었다. 그러나 집으로 돌아오자, 돌아와서 시간이 얼마간 지나자, 브라이언은 자신이 생각했던 대로 "도시화되기" 시작했다. 다시 도시 생활에 익숙해지게 되었다. 처음 쇼핑몰에 갔을 때는 온갖 움직임과 소음 때문에 기분이 나쁘고 어지러웠다. 그래서 자신을 정상으로 돌리기 위해 쇼핑몰을 찾고 또 찾았고, 결국 그런 곳도 기분 나쁘지 않게 되었다.

그러면서 숲은 잊혀 갔다. 꿈을 꾸는 횟수도 점점 줄어들었고 꿈을 생각하지 않기 시작했다. 꿈을 잊지는 않았지만—결코 잊지 못할 거라는 걸 알고 있었다—전처럼 꿈 생각이 많이 나지 않았다. 꿈 생각을 해도 별 재미가 없었다.

브라이언은 힘들었던 부분을 떠올렸다.

모기떼. 먹구름처럼 몰려들어 무섭게 쿡쿡 찔러 대던 모기떼. 그 작은 괴물 군단이 그의 피를 말릴 작정으로 사정없이 덤벼들어 물어뜯었던 기억.

"뭐였어?"

둘이 식탁에 앉아 있던 어느 날 어머니가 물었다.

"가장 큰 문제, 그러니까 가장 힘들었던 거 말이야?"

브라이언은 모기라고 생각하고 그것에 대해 이야기하다가 그게 아니라고 머리를 흔들었다.

"아니, 굶주림이었어요."

"그래?"

어머니는 깜짝 놀란 듯했다.

"난 가장 큰 문제가 위험이나 외로움, 아니면 날씨일 거라고 생각했는데."

"제가 말하는 굶주림은 어머니가 생각하는 것과는 달라요."

브라이언은 그렇게 말했다.

"한 끼 굶어서 뭔가 먹고 싶은 기분이 드는 그런 게 아니에요. 하루 종일 아무것도 먹지 못한 정도의 배고픔도 아니고요. 다시는 먹지 못할 거라고 생각되는 경우, 먹을 게 더 생길지 말지 전혀 알 수 없는 경우를 말하는 거예요. 식량의 종말 말이에요. 사람이 먹지 못하고, 또 먹지 못하고, 그러고도 계속 먹지 못하다가 결국은 먹지 못해서 사람이 죽어 사라져도, 그래도 여전히 먹을 게 하나도 없는 상황 말이에요. 그런 종류의 굶주림이에요."

그런 격렬한 감정 토로에 어머니는 우두커니 앉아서 눈만 껌뻑거렸다. 하지만 브라이언은 진심이었다. 굶주림이 최악이었다. 모기떼보다 심했고, 그 어떤 것보다 더 심했다.

굶주림.

브라이언은 다시 창밖을 내다봤다. 이제 비행기 아래는 숲뿐이었다. 숲과 호수들, 그리고 윙윙거리는 비행기뿐이었다. 기류가 불안정했다. 브라이언이 기억하기로는 지난번보다 더 불안정했다. 하지만 그는 비행기가 덜컹덜컹 흔들리는 것에 신경을 쓰지 않았다.

비행기가 이른 아침에 북부 뉴욕의 활주로를 떠났는데, 상공에 오르니 밝은 햇빛이 환하게 들어와 비행기의 내부를 덥혀서 덥기까지 했다.

브라이언은 티셔츠를 입고, 앞면에 물고기 로고가 있는 야구모자를 쓰고 있었다. 그는 모자챙을 내려서 햇빛을 가렸다. 얼굴을 돌리자 좌석 뒤에 실은 장비가 보였다.

소규모 부대용으로도 충분한 장비였다. 브라이언은 그것이 마음에 걸렸지만, 왜 마음에 걸리는지, 어느 정도인지는 분명히 설명할 수 없었다.

그저 잘못됐다는 느낌이 들었다.

데릭이 어머니와 함께 목록을 검토했었다. 몇 주일 분량의 식량, 텐트, 고무보트, 구급상자와 모기약, 낚시 도구, 총 한 자루였다. 총까지 있었다. 이렇게 필수품만!

"이건 비상사태에 대비한 겁니다."

데릭이 설명했다.

"만약의 경우를 대비해서, 필수품은 다 준비했습니다."

'그게 정말 저기 있어.' 하고 브라이언은 생각했다.

'필요한 건 모두 가지고 있어. 저것이 모든 것을 망쳤어. 이번 일을 모두 가치 없는 것으로 만들었어. 지난번과 똑같은 체험은 되지 않을 거야".

브라이언은 데릭의 어깨를 가볍게 건드렸다. 몸집이 큰 데릭은 앉은 채로 얼굴만 돌렸다.

"너무 많아요."

브라이언은 엔진 소음보다 더 크게 소리쳤다.

"뭐라고?"

"물자가 너무 많아요."

브라이언은 어깨 너머의 장비를 가리켰다.

데릭은 말을 잘못 알아들었는지 고개를 끄덕이며 미소를 지었다.

"대단하지, 응? 싱크대 빼고는 다 있잖아."

브라이언은 어깨를 으쓱했다.

"네. 대단해요."

그 대단한 장비가 브라이언을 초조하게 만들었다. 그들이 하려는 일이 수포로 돌아갈 것만 같았다. 그들은 하나의 게임을 하고 있는 것이고, 문득 데릭이 그렇게 만들고 있다는 생각이 들었다. 데릭의 인생 자체가 게임이었다. 브라이언은 데릭을 그런 식으로 생각하는 게 옳지 않다는 걸 알았다. 데릭을 속속들이 다 아는 것도 아니니까. 그렇지만 데릭은 그런 식으로 행동했다. 마치 인생이 모두 게임인 것처럼. 데릭은 이번 연구 과제를 모두 그런 식으로 접근하고 있었다. 그저 하나의 게임으로. 풋볼로. 축구로.

만약 일이 제대로 되지 않으면, 타임아웃을 불러 좋은 식사를 하고, 수영을 하고, 석양에 고무보트를 타고 나가서 총으로 사냥을 하고, 무전기로 사람들과 통신을 하면 그만이었다.

살아남았음.

알았음.

푸른 나무들이 카펫처럼 쭉 펼쳐져 있어 비행기가 숲 상공에 그대로 떠 있는 듯했다. 브라이언은 상공에 앉아서 전경을 주시했지만 눈에 들어오지 않았다. 자꾸 뭔가 잘못되었다는 생각이 들었다.

너무 많은 것이 있었다.

그게 잘못이었다.

5

브라이언은 잠이 들었다.

믿을 수 없었지만, 잠이 들었다. 비행기 엔진 소리, 따뜻한 햇볕, 푸른 숲의 단조로움이 힘을 합쳐서 해머처럼 그를 때리는 통에 브라이언은 그만 유리창에 얼굴을 대고 잠이 들고 말았다.

브라이언은 진동수가 낮아지고 있는 비행기 엔진 소리에 잠이 깨어서 자신이 침까지 흘리며 잠을 잔 사실을 알고는 당황했다.

그는 턱을 닦았다.

비행기는 하강하고 있었다.

브라이언은 비행기가 기수를 내렸을 때 몸이 빳빳하게 경직되는 것을 느꼈다. 그러나 하강은 점진적이고, 절제되고, 차분했다. 비행기가 아직 숲 위의 높은 상공에 있을 때, 조종사는 비행기의 속도를 더한층 늦추고 보조 날개를 내렸다. 비행기는 공중에서 거의 정지한 듯 보였고, 그 상태로 계속 저 아래 호수 쪽을 향해 내려갔다. 지난번에 삼림 비행기로 호수에 "착수했던" 일이 절로 떠올랐다.

보조 날개나 그걸 사용하는 방법을 알았더라면, 물에 처박힐 때 비행기 속도를 절반 이하로 줄였을 것이다. 부드럽게 착수했더라면, 죽은 조종사를 도울 여유가 있었을 것이고, 구명 장비를 꺼낼 수도 있었을 것이다.

브라이언은 젊은 조종사를 주의 깊게 살피고 그의 행동 하나하나를 눈여겨보면서 그때 자기가 얼마나 행운아였었는지를 깨달았다. 조종사는 비행기가 착수할 때까지 나풀나풀 가볍게 하강시켰기 때문에 호수까지 내려갔을 때도 거의 흔들림이 없었다. 그는 비행기가 공중에 뜬 채 천천히 가볍게 내려가도록 조종간과 방향타를 조작했다.

그때 브라이언은 나무들을 헤치고 아래로 떨어지다가 비행기를 물속으로 내리꽂은 거나 다름없었다. 죽지 않았던 게 기적이었다.

잠을 자는 동안 브라이언이 느낀 문제점에 대한 해답이 나왔다.

해답은 간단했다.

조종사는 속도를 늦추고 비행기의 균형을 잡아 호수에 착수시키기 위하여 조종 장치들을 조작하느라 열심이었다.

데릭은 고개를 돌리고 브라이언에게 미소를 지었다.

"와, 아름다운데, 응?"

호수는 정말 아름다웠다. 달걀 모양으로 밖으로 약간 불거졌지만 거의 완전히 둥근 모양이었다.

강이 호수의 맨 아래쪽 가장자리 약간 오른쪽에서 출발해서 동남쪽으로 흐르고 있었다. 브라이언은 지도가 아주 정확한 것에 크게 놀랐다.

브라이언의 집 식탁에서 지도를 검토하면서 어머니에게 그들이 있게 될 장소를 보여 준 적이 있는데, 막상 그 호수를 내려다보니, 지도를 보고 만든 모형이나 다름없어 보였다. 호수의 푸른색은 지도상의 푸른 물 색깔과 엇비슷했고, 푸른 숲을 동남쪽으로 관통하는 강은 지도에 그려진 모양 그대로 섬세하고 꼬불꼬불 굽이져 있었다.

데릭이 조종사에게 무슨 말인가를 했다. 엔진 소리 때문에 브라이언에겐 들리지 않았다. 조종사는 알아들었다는 듯이 고개를 끄덕이더니, 기체를 오른편 강 쪽으로 한층 기울여 호수에 사뿐히 착수했다.

바람 한 점 일지 않았고, 수면은 거울처럼 매끄러웠다. 브라이언은 창밖을 내다보았다. 플로트가 내려오고, 호수에 비친 플로트의 그림자가 점점 가까이 다가와 마침내 자신의 꼬리를 물고는 잔잔한 수면을 미끄러지듯 가로지르며, 비행기의 속도가 거의 정지 상태로 떨어질 때까지 차분히 착수하는 모습이 보였다.

조종사는 강이 출발하는 지점인 오른편 공터 쪽으로 기수를 돌렸다. 이따금 스로틀(throttle, 연료 분사 조절 밸브: 옮긴이)을 슬쩍 밀면서 비행기를 계속 플로트로 움직였다. 마침내 비행기가 녹색 갈대를 미끄러지듯 헤치고는 호숫가에 쿵 부딪혔다.

조종사가 엔진을 껐다.

"다 왔군."

데릭이 말했다. 갑작스런 고요에 그의 목소리가 크게 들렸다.

"자, 짐을 내리자고."

데릭이 얼굴을 돌렸다. 브라이언은 데릭이 흥분해 있다는 것을 알았다.

브라이언은 데릭이 아이 같다고 생각했다.

'아이 같아. 아이처럼 흥분하고 있어. 내가 아이라도, 여기선 난 흥분되지 않는데. 아저씨가 뭘 모르기 때문이야. 난 아는데 데릭 아저씨는 몰라서 저러는 거야.'

데릭이 플로트로 기어 나왔는데 동작이 어딘지 모르게 부자연스러웠다. 브라이언은 데릭의 체력이 그다지 좋지도 않고 운동신경이 잘 발달한 것 같지도 않다는 생각이 들었다. 마침내 데릭이 호숫가에 발을 디뎠다.

조종사는 자기 좌석에 그대로 있었고 브라이언은 조수석을 앞으로 밀고 비행기에서 기어 나와 플로트에 발을 딛고는 마른 풀밭에 닿았다.

'산뜻해. 산뜻하고 맑아.' 하고 브라이언은 생각했다. 날씨가 참 좋다는 생각이 들었다. 해가 떠 있고, 작은 솜구름이 몽실몽실 하늘을 떠다니고 있는, 쾌적한 여름날이었다.

그러다가 순간적으로, 정말이지 눈 깜짝할 사이에, 브라이언이 돌변했다. 완전히 변했다. 갑자기 그때 그 시절 호수에서 지내던 그가 되었다. 호수의 일부, 아니 호수의 전부, 마음속으로 호수의 전부가 되었고, 모든…… 단 하나의…… 하찮은…… 사물도 중요한 것이 되었다.

브라이언은 새들의 노래를 듣는 것으로 그치지 않았다. 새들이 내는 배경음을 듣는 것에 그치지 않고 새 각각의 소리를 들었다. 브라이언은 새 소리 하나하나에 귀를 기울였다. 새의 정확한 위치를 찾아냈고, 그러니까 소리로 새가 어디 있는지를 알아냈고, 새의 경보음에 귀를 기울였다. 그는 또한 구름을 보는 것으로 그치지 않았다. 비와 바람을 가져올 수 있는 먹구름이 끼기 전의 경미한 구름, 정찰을 나온 구름까지 보았다. 북서쪽에서 구름이 다가오고 있었다. 그것은 구름과 함께 비바람이 몰아칠 거라는 걸 의미했다. 의미할 수 있는 게 아니라, 의미했다. 비가 올 것이다. 오늘 밤, 늦게, 비가 올 것이다.

브라이언은 공터를 쓱 훑어본 다음에 공터의 끝자락을 쳐다봤다. 그렇게 두 번을 훑어보고 알았다. 그 공터와 숲을 알아차렸다. 뿌리가 남아 있는 그루터기, 활을 만들 만한 단단한 나무, 화살을 만들 만한 버드나무가 있을 거라는 것을. 그리고 짐승, 사슴 발자국이 공터 왼쪽으로 사라졌는데, 그것은 고슴도치, 너구리, 곰, 늑대, 큰사슴, 스컹크 같은 다른 짐승들이 그 발자국을 따라 공터로 들어올 거라는 걸 의미한다는 것을.

브라이언은 콧구멍을 벌름거리며 공기의 냄새를 맡았고, 혀의 양 측면으로 쉿 소리를 내면서 공기를 흡입하여 그 맛을 보았다. 아무 맛도 없었다. 여름 냄새뿐이었다. 소나무의 특유한 냄새, 부드러운 공기, 썩는 초목에서 나는 약간의 곰팡내뿐이었다. 동물의 냄새는 없었다. 적어도 금방 지나간 동물 냄새는 없었다.

데릭은 브라이언의 변화를 보고, 그를 빤히 쳐다보고 있었다.

"무슨 일이지?"

브라이언은 고개를 저었다.

"아니에요. 아무것도."

"아니. 무슨 일이 일어났어. 네가 변했잖아. 완전히. 다른 사람이 됐어."

브라이언은 어깨를 으쓱했다.

"저는 그냥…… 이것저것 보고 있을 뿐이에요."

"나한테 얘기해 줘 봐."

데릭이 말했다. 그는 주머니에서 공책을 꺼냈다.

"네 눈에 보이는 걸 모두 나한테 말해 줘."

"지금 당장 말이에요?"

"그래."

"조종사부터 보내야 되지 않아요?"

데릭은 처음 보는 듯이 비행기를 돌아봤다.

"아, 그래. 깜빡했네. 저 사람은 가야지. 돌려보내야지. 얼른 짐을 내리자. 그래야 조종사도 가고, 네 얘기도……."

"아니요."

"응?"

비행기에서 깜빡 졸면서 브라이언은 결심을 했고, 잠을 자는 동안에 그의 결심이 마음속에 자리를 잡았다. 브라이언은 그렇게 하는 것이 옳다는 것을 알았다.

"짐은 내리지 않을 거예요."

"무슨 말을 하는 거야?"

브라이언은 호수를, 공터를, 구름을 바라보았다. 일고여덟 시간이 지나면 비가 올 것이다.

"제 말은, 우리가 저 장비를, 말씀하신 대로 싱크대만 빼고 다 있는 저 짐을 모두 내리면, 이 일이 전부 망가져서 헛된 일이 될 거라는 거예요."

"난 이해가 안 되는데. 우리한테 문제가 생기면 어떡하려고?"

브라이언은 고개를 끄덕였다.

"바로 그거예요. 우리한테 문제가 생겼다고요. 지금 일어나고 있는 것이 모두 바로 그런 거예요. 아저씨는 배우고 싶어 하지만, 저 예비품들을 모두 갖고 있으면, 이 일이 게임에 불과하게 돼요. 그건 진짜가 아니에요. 진짜 상황이라면, 저런 걸 구비하지 않겠죠, 안 그래요?"

"하지만 우리가 저걸 사용하지 않으면 되잖아. 어떤 것도 사용하지 않으면 되는 거라고."

브라이언은 미소를 지었다. 희미한 미소, 거의 슬픈 미소였다.

"제가 약속하는데요, 단연코 약속하는데, 저 물건이 여기 있으면 아저씨도 쓰게 될 거고 저도 쓰게 될 거예요. 셋째 날쯤 되면, 배고픈 게 진짜로 고통스럽기 시작할 거고, 모기들은 계속해서 오고 또 올 거고, 식량이나 텐트도 전혀 없는 상황에서, 우리한테 필요한 것들이 바로 저기, 가방 속에 있다는 걸 알고 있으면, 장담하는데 아저씨는 그걸 쓸 거예요. 그걸 쓰지 않을 수가 없을 거라고요."

브라이언은 생각했다. '내가 말이 너무 많아. 막 재잘거리고 있잖아. 쉬지 않고 재잘거리고 있어. 어치들같이. 우린 여기 서서 말만 하고 있어. 일고여덟 시간 지나면 비가 내릴 거고, 우린 대피소도 없고 마른 나무도 없고 불도 피우지 못할 텐데. 말만 하고 있다니.'

“저걸 모두 비행기에 놔두세요. 안 그러면 전 당장 비행기로 여길 떠날 거예요. 일이 어떻게 될지 뻔한데, 시간을 허비하고 싶지 않아요.”

“하지만 네 어머니께 말씀드린 게 있는데…….”

브라이언은 머뭇거리다가 한숨을 쉬었다.

“알아요. 하지만 규칙은 어디까지나 규칙이에요. 짐을 내리면, 전 집으로 갈 거예요. 끝. 제가 책임지겠어요.”

데릭이 그의 표정을 유심히 살폈다.

“진담이군.”

“진담이고말고요.”

“타협을 하면 어떨까?”

“무슨 뜻이죠?”

“심각한 문제에 대비해서 무전기는 간직하지. 그러면 적어도 구조 요청은 할 수 있잖아.”

브라이언은 목을 긁적이며 생각했다.

‘예전과 똑같지 않을 거야. 무전기 하나만으로도 이 일을 얼룩지게 할 거야. 하지만 어머니에게 걱정하지 말라고 했는데, 만약 무전기 사용도 하면 안 된다고 고집하면, 절대로 사용해서는 안 된다고 고집하면…….’

“좋아요.”

데릭은 고개를 끄덕였다. 그리고 바로 브라이언의 곁을 지나서, 몸의 균형을 잡으며 플로트를 딛고 비행기 안으로 들어갔다. 그가 조종사에게 무슨 말을 하자 조종사는 고개를 끄덕이며 이상하다는 표정으로, 무슨 일인지 알아보려는 눈길로, 앞 유리창을 통해 브라이언을 바라보았다. 그런 다음에 조종사는 미소를 지으며 플라스틱 창 너머로 손을 흔들어 보였다. 브라이언도 고개를 끄덕이며 손을 흔들어 답례했다.

데릭은 무전기를 들고 호숫가로 돌아왔다. 방수 코팅과 신형 니켈카드뮴전지가 갖춰진 소형 무전기였다. 그는 또한 작은 플라스틱 서류가방도 가져왔다.

"내 서류용이야."

데릭이 말했다.

"노트를 하고 사항을 기록해야 하거든."

브라이언은 고개를 끄덕이면서 속으로 웃었다. 브라이언이 뭔가 하고 싶은 게 있어서 어머니나 아버지께 부탁을 드릴 때 내는 소리와 거의 같은 소리로 데릭이 말했던 것이다. 간청하듯이. 내 서류용이야…….

어른과 역할이 바뀐 것이 브라이언에게는 아무래도 어색했다. 그가 어른을 책임지고 있었고 이런 상황에서는 그것이 최선이라고 생각했다. 그렇더라도 그런 문제로 어른을, 아니 누구라도, 지배한다는 것은 불편하고 거북살스러웠다.

비행기는 기체를 돌려야 했다. 비행기의 앞부분이 갈대숲에

코를 디밀고 있어서 조종사는 창문을 열고 그들에게 비행기가 전진하다가 이륙할 수 있도록 기체를 알맞게 돌려 달라고 부탁했다.

데릭과 브라이언은 물속으로 들어가 플로트를 밀어서 기체를 뒤로 빼고 기수를 돌렸다. 브라이언이 느끼기엔 물도 따뜻하고 호숫가도 따뜻했다. 그들이 기수를 충분히 돌리자 조종사가 시동을 걸었다.

조종사는 뒤도 돌아보지 않고 비행기를 이동시켰다. 그리고 갈대숲을 벗어나자마자 엔진을 가속하여 속도를 높였다. 마침내 비행기는 호수를 가로질러 포효하고 있었다.

비행기는 한 번, 다시 또 한 번 바운드를 하고는 공중으로 올라 호수 끝에서 나무 위로 쓱 날아오르더니 선회하여 다시 그들의 머리 위로 돌아와 브라이언과 데릭이 바라보는 동안 날개를 흔들었다. 그런 다음 비행기는 사라졌다.

사라져 버렸다.

"자, 이제 시작이군."

데릭이 말했다.

"단둘이서."

브라이언은 고개를 끄덕였다. 그는 비행기가 떠나는 것을 바라보면서 이상한 상실감을 느꼈다. 공허감이라고나 할까.

"다음은 뭐지?"

데릭이 물었다.

"어떻게 공이 굴러가게 하지?"

브라이언은 데릭을 쳐다보았다. '게임. 모든 게 게임이야.'

"불. 불과 대피소가 필요해요. 곧."

데릭은 의아스런 눈빛으로 그를 보았다.

브라이언은 하늘을 쳐다보았다.

"지금은 따뜻한 오후지만 저녁이 되면 모기가 덤빌 거예요. 우린 서늘한 아침까지 모기를 쫓기 위해서 계속 연기를 피워야 해요. 그리고 약 여섯 시간 반이 지나면 비가 내릴 거니까 대피소가 필요해요."

"여섯 시간 반이라고?"

"틀림없어요. 냄새 안 나세요?"

데릭은 코로 숨을 들이마시더니 머리를 흔들었다.

"아니. 아무 냄새도 안 나는데."

"냄새가 날 거에요."

브라이언이 말했다.

"냄새가 날 거에요. 자, 이제…… 공을 굴려요."

그리고 브라이언은 부싯돌을 찾아 떠났다.

6

바로 그 첫날 밤 브라이언은 돌아온 것이 정신 나간 짓이라는 걸 알았다. 그러기로 동의한 것도 정신 나간 짓이고, 그 좋은 장비를 모두 비행기로 돌려보낸 것도 정신 나간 짓이었다.

특히 텐트가 그랬다.

살아남기 위한 장비를 거의 하나도 갖지 못하게 한 것은 바로 브라이언 자신이었다. 이런 입장에 처한 사람은 누구라도 손도끼 하나도 가지면 안 된다고 판단했다. 그래서 지난번에 휴대했던 손도끼마저도 집에 놔뒀던 것이다.

브라이언과 데릭은 각자 나이프 한 개를 가지고 있었다. 주머니칼처럼 접히는 종류지만, 그보다는 큰 것으로 가죽 케이스에

넣어 허리띠에 찼다.

칼 이외에 그들 주머니에 소지품이 있었다.

동전 몇 닢과 지폐 몇 장. 데릭은 큰 손톱깎이와 신용 카드 몇 장이 있었고, 브라이언은 지갑에 어머니와 드보라의 사진을 가지고 있었다.

"된 건가?"

데릭이 초저녁에 말했었다. 태양이 아직 그들 머리 위에 있었지만 공터 끝에 늘어선 나무들의 꼭대기를 지나 이미 서쪽으로 기운 때였다.

"됐어요."

브라이언은 고개를 끄덕였다.

"좀 옹색하지 않아?"

브라이언은 아무 말도 하지 않았다. 사실은, 그냥 옹색한 정도가 아니라 옹색하기 짝이 없었다. 두 사람이 쓰기에는 특히 그랬다. 앞으로는 모든 것이 두 배가 필요할 터였다. 식량도 두 배, 대피소도 큰 것이 필요했다. 혼자일 때와는 사정이 달라졌다.

브라이언이 그때 **그 시절**에 걱정해야 했던 것은 자기 자신뿐이었다. 자기 혼자뿐이었어도 아주 힘들었다.

어쨌든 늦은 오후 바로 그때까지도, 브라이언은 제2의 사람 특히 데릭처럼 경험이 없는 사람에 대한 생각은 전혀 하지 않았었다.

이제는 생각해 봤자 아무 소용이 없었다.

비행기는 이미 사라져 버렸으니까.

그 뒤로 일이 급속도로 꼬이기 시작했다.

브라이언이 알기에 어떤 계획을 갖고 있거나 어떤 일을 하고 싶어 한다는 것과, 실제로 그것을 시행하는 것은 전혀 별개의 문제였다.

브라이언은 부싯돌을 발견할 수 없었다. 그래서 불도 피우지 못했다.

불을 피우지 못하면 연기가 있을 리 없고, 연기가 없으면 모기를 물리칠 방책이 없었다.

첫 어둠과 함께 모기들이 왔다. 브라이언이 기억하고 있던 것처럼 악질이었다. 먹구름 같은 모기들이 앵앵 울어 대면서 그들의 눈과 귀와 콧구멍을 떼로 점령했다.

두 사람한텐 대충 만든 조잡한 달개지붕밖에 없었다. 브라이언은 안쪽 깊숙이 대피처가 있던 예전의 그 돌출 바위가 무척이나 그리웠다. 그들은 반쯤 썩은 오래된 나무껍질 조각을 가지고 대충 지붕널을 만들어 보려고 했었다. 그런 지붕으로는 비를 피하지 못할 것이 분명했지만, 우선 그렇게 시작했다.

그런데 웬일인지, 막연하나마 몸부터 보호하겠다는 생각인지, 모기들이 처음 왔을 때 두 사람은 달개지붕 밑으로 기어들어 갔다.

그러면서 브라이언은 생각했다. '작은 괴물의 눈을 이렇게 피할 수 있을 것같이 굴다니 어리석어.'

"맙소사."

데릭은 귓속말로 했지만, 달개지붕 안쪽 어둠속에서 들려오는 소리는 긴박했다.

"이거 미치겠네."

그들은 재킷을 머리에 뒤집어쓰고 앉아 있었다. 그런데 데릭이 재킷을 위로 올리면 겨드랑이가 셔츠를 끌어 올리는 바람에 허리 살이 약간 드러났다. 모기들이 그 살갗을 발견하고 덤벼들면 그가 바로 셔츠를 내리는 통에 목이 드러났다. 그가 목을 감추려고 등을 구부리면 모기들이 다시 그의 허리를 차지했다. 그러는 바람에 데릭은 그 짧은 시간에 요요처럼 상하로 홱홱 요동치고 있었다.

"진정하세요."

브라이언이 말했다.

"도저히 이길 수 없는 싸움이 있는데, 틀림없이 이게 그중 하나일 거예요. 이 싸움은 한밤중까지 가면서 점점 악화될 거고, 기온이 서늘해져야 모기들이 그칠 거예요. 그때 가면 적어도 모기 수는 확실히 줄어들 거예요."

바로 그 말이 도움이 됐는지 데릭은 진정이 되었고 브라이언 자신도 안정을 찾았다.

브라이언은 졸면서, 모기떼가 어떻게든 재킷을 파고들려고 하면서 그의 머리 부근에서 왱왱대는 소리에 귀를 기울였다.

'언제나 이랬어. 여기서는 언제나 이래. 모기떼, 밤, 그리고 어김없이 찾아오는 서늘한 새벽이 바로 이곳의 일상이고 생활의 일부였어.'

브라이언은 데릭에게 이런 말을 해 줘야겠다고 생각했지만, 입을 다물기로 했다.

자신이 그랬던 것처럼, 데릭도 자력으로 그 사실을 깨닫거나 아니면 깨닫지 못하거나 할 것이다.

브라이언은 달개지붕을 빠져나와 밖으로 나왔다. 비가 오고 나면 산들바람이 살랑살랑 불어올 것이고, 그러면 한결 도움이 될 것이다.

은빛 달이 떠 있었다. 그 달빛에 호수가 한눈에 들어왔다. 휘영청 밝은 달빛을 머금은 잔잔한 호수. 모기들이 여전히 그를 괴롭혔지만, 그는 그 아름다움에 경탄을 금치 못했다.

밤의 소리가 들렸다. 새 소리 같지만, 훨훨 나는 박쥐들의 소리였다. 브라이언은 생물학 책에서 읽어서 그들이 모기를 먹고 있다는 것도 알고 있었다.

그는 속으로 말했다.

'박쥐야, 많이 먹어. 많이. 모기를 몽땅 다 먹어 치워 버려.'

뭔가가 호수의 수면에서 달빛 속으로 헤엄쳐 들어왔다. 사향

뒤쥐 아니면 비버였다. 그것이 달빛이 흐르는 길 바로 위에 V자를 그리는 바람에 마치 달을 향하여 머리를 쳐들고 달빛 속으로 들어가려는 듯이 보였다.

물소리가 났다. 브라이언은 그 소리가 그의 오른편 호수에서 흘러 나가는 강물 소리라는 것을 알았다. 빠르지도 않고 넓지도 않지만—폭이 12~15미터 정도일 것이다—강물은 활력 있고 힘차게 달려 나가는 듯했다.

어쨌든 아름다움이 모기를 압도했다. 브라이언은 여전히 재킷을 추켜올려 머리를 감싸고 있었지만 그곳에 선 채로 재킷의 틈새를 통해 바라보고 있었다. 그때 자기 옆으로 데릭이 올라오는 소리를 들었다.

"믿을 수 없이 아름다워, 그렇지?"

데릭 또한 아름다운 풍경을 본 것이었다. 브라이언은 데릭이 아름다움을 볼 수 있다는 것, 나쁜 것뿐만이 아니라 좋은 것도 볼 수 있다는 사실이 기뻤다.

"아름다움을 잊고 있었어요."

브라이언이 말했다.

"지난번 살아남은 후에 꿈을 꾸었어요. 악몽만이 아니라, 이런 아름다운 꿈 말이에요. 저는 이렇게 아름다운 꿈을 꾸곤 했어요. 그게 얼마나 아름다운지, 얼마나 숨 막히게 아름다운지, 꿈을 꾸고 나서 제 방에서 눈을 떠 보면 자동차 소음과 가로등만 기다리고 있어서 기분이 엉망이 되곤 했어요. 이런 게 그리웠던 거예요. 이런 아름다움이……."

"모기들은 아니겠지?"

브라이언은 미소를 지었다.

"맞아요, 모기들은 빼고요."

그들이 이야기하는 동안 밤의 기온이 내려가기 시작했다. 마치 전원 스위치가 꺼진 듯했다. 아직도 모기들이 약간 있었지만 대부분 사라졌고 그들 두 사람은 여전히 달빛을 받고 서 있었다.

"믿을 수 없어."

데릭이 말했다.

"모기들이 싹 사라졌어."

"전에 모기떼를 만난 적이 없어요? 정부를 위해서 여러 훈련이니 뭐 그런 걸 할 때가 있잖아요?"

데릭은 고개를 끄덕였다.

"그럼. 비슷한 경험이 있기는 하지. 난 그런 훈련을 많이 하지는 못했어. 딱 한 번 그게 어떤 건지 알려고 시험한 적이 있는데 크게 실패하고 말았지. 그럴 때면 사람들은 항상 텐트와 방충약과 장비를 휴대하거든. 뭐랄까, 위험을 줄인답시고 말이야."

데릭은 부드럽게 소리 내어 웃었다.

"다음번 훈련 때는 내가 나서서 장비를 줄일 거야. 그게 잘못이었어. 심리학적으로 잘못된 일이었어. 네가 장비를 모두 비행기에 놔두게 한 건 옳은 일이었어. 절대적으로 옳았어."

나중에, 상황이 완전히 바뀌고 희망이 없다고 생각됐을 때, 브라이언을 계속 움직이게 한 것은 바로 데릭의 이런 말이었다.

7

비는 열한 시쯤에 왔다.

이때다 싶게 데릭이 농담 한마디를 툭 던졌다.

"여섯 시간 반 뒤에 비가 올 거라고 했는데 일곱 시간이 다 됐네."

그다음 비가 퍼붓기 시작해서 온통 물뿐이었다. 구름이 순식간에 몰려와서 불과 몇 분 사이에 별과 달을 뒤덮더니 곧바로 수문을 열고 그들에게 몽땅 내리쏟아졌다.

단순한 비가 아니었다. 그들이 거의 땅바닥에 주저앉을 정도로 우르릉우르릉 천둥이 울리고 번쩍번쩍 번개가 치면서 들이퍼붓는 큰비였다.

그들은 모기가 일부 줄어들자 조금이라도 휴식을 취할 생각으로 달개지붕으로 돌아갔었다. 하지만 그 임시 지붕은 물을 피하는 데 아무런, 정말이지 아무런 도움이 못 되었다.

그들은 금방 흠뻑 젖었고, 흥건히 젖다 못해, 물을 뒤집어쓴 것 같았다.

그들은 호수 가장자리 근처에 무성하게 드리워진 버드나무와 자작나무 밑으로 이동하려고 했지만, 나무 역시 폭우를 막는 데는 아무런 보탬이 되지 않았다. 결국 그들은 버드나무 아래에서 몸을 움츠리고 가만히 앉아 폭우를 견뎠다.

브라이언은 생각했다.

'계속 젖고 있어. 계속. 내 영혼까지 젖었어.'

브라이언은 등으로 물이 흘러내리는 것을 느꼈다. 그는 물이 흘러내리는 게 자기 집 주방에 있는 수도꼭지를 틀어 놓은 것 같다고 여겼다. 그러자 어머니 생각이 났다.

'어머니는 식탁에, 주방 식탁에 앉아 계시겠지.'

지붕이 있는 집. 그는 지붕이 얼마나 고마운 것인지 잊고 있었다.

"이거 미쳤는데요?"

브라이언은 옆에 있는 데릭에게 큰 소리로 말했다. 그러나 빗소리가 그의 말을 삼켜 버렸다. 브라이언은 자작나무에 몸을 기대고 눈을 감았다. 결국 그렇게 비를 감수했다.

브라이언은 생각했다.

'내가 어떻게 살아남는지, 어떻게 이런 비를 이길 수 있는지, 다른 사람들을 위해 데릭에게 보여 주려고 여기에 있는데, 지금 당장은 비를 감수하는 것 외에 할 수 있는 게 아무것도 없어.'

어쨌든 그 밤은 지나갔다.

새벽이 가까워서 비가 그쳤고 비 온 뒤의 온화함이 찾아왔다. 따뜻하다고 할 수 있는 정도였다. 그런 온화함이 모기들을 또 한 차례 불러들였다. 해가 떠올라서 호수 위에 햇살이 가득하고 그들도 따뜻해졌을 즈음, 브라이언은 물웅덩이에서 놀다가 마치 트럭에 치인 것 같은 느낌이 들었다.

온몸이 아팠다. 브라이언은 얼굴을 돌리고 데릭을 쳐다봤다. 데릭은 아직도 재킷을 머리에 뒤집어쓴 채로 공처럼 잔뜩 몸을 웅크리고 나무에 비스듬히 기대앉아 졸고 있었다. 브라이언은 웃음을 터뜨렸다.

그의 웃음소리에 데릭은 눈을 뜨고—실은 자고 있지 않았다—재킷 밖을 내다봤다.

"뭐가 그렇게 우스워?"

브라이언은 머리를 흔들었다.

"웃으면 안 되는데요, 아저씨 몰골이 너무 엉망이에요."

"너도 만만치 않아."

데릭이 씩 웃었다.

"물에 빠진 생쥐 같아."

"지금 제 기분이 바로 그래요."

그들은 일어섰다. 브라이언은 호숫가로 내려가 속옷까지 벗어서 물을 꽉 짜낸 다음 나뭇가지에 널어 말렸다.

브라이언은 생각했다. '오늘, 오늘은 반드시 대피소와 부싯돌을 찾아내고, 불을 피우고, 식량을 좀 마련해야겠어.'

벌써 배고픔이 찾아왔다.

나중에 닥칠 그런 배고픔은 아니었다. 그가 아주 생생하게 기억하고 있고, 아직도 식품점이나 패스트푸드 가게를 지날 때면 입에 침이 고이는 그런 뼈저린 배고픔은 아니었다.

하지만 배고픔이 왔다.

"문제가 있어."

데릭이 갑자기 말했다. 데릭 역시 호숫가로 내려와 옷을 말리기 위해 벗어서 나뭇가지에 널었다.

"그럼요, 있죠."

브라이언이 말했다.

"확실히 문제가 있어요."

"그게 아니야. 우리가 여기서 하는 일이 아니라 너한테 문제가 있다는 말이야."

"무슨 뜻이에요?"

"넌…… 너무 조용해. 네가 상황을 살피면서 생각하는 건 알겠는데, 무슨 생각을 하는지, 또는 무슨 계획을 세우는지 도무지 알 수가 없어. 내가 그것에 대해 쓰고, 사람들에게 무엇을 해야 하는지 말하려면, 그런 것을 속속들이 다 알아야 하는데 말이야."

브라이언은 고개를 끄덕였다.

"알겠어요. 지난번엔 저 혼자뿐이었거든요."

브라이언은 문득 이런 생각이 들었다. '그때 누군가 이야기할 사람이 있었더라면, 누군가 함께 고생할 사람, 누군가 내 말을 들어 줄 사람이 있었더라면 난 막 날뛰었을 거야. 그런데 지금은 누군가가 있으니까 말을 하지 않고 있어.'

"누가 같이 있으니까 좀 어색하네요."

데릭은 고개를 끄덕였다.

"바로 그런 걸 내가 알아야 한다는 말이야. 내가 그런 걸 쓸 수 있도록 모든 걸 내게 알려 주고, 내가 그걸 모두 알아듣게 객관화해야 한다는 말이지."

데릭은 다시 달개지붕으로 갔다. 무전기와 방수 서류가방을 그곳에 놔뒀기 때문이었다. 서류가방 안에 책이 몇 권 있었는데, 한 권씩 따로 비닐봉지에 들어 있었다. 그는 연필과 공책을 한 권 꺼내서 조심스럽게 쓰기 시작했다. 무엇인가를 쓰고 나서, 브라이언의 얼굴을 쳐다보면서 기다렸다.

"됐어. 준비됐어."

'알아듣게 객관화해야 한다?' 브라이언은 생각했다. '어떻게 알아듣게 말하지?'

"그러니까 제가 지금 생각하는 것은 우리가 오늘은 꼭 대피소를 마련해야 하고 그다음에 오늘 불을 피우고 또 오늘 식량을 좀 구해야 한다는 것인데……."

그는 생각했다. '전화번호부를 읽는 것 같네. 내 말이 무슨 일람표같이 들려.'

그러나 데릭은 고개를 끄덕이며 쓰기 시작했다. 브라이언은 자기가 정말로 말하고 싶은 것이 무엇인지 생각해 봤다.

'우리는 무전기를 부여잡고 비행기를 부르고 집에 가서 햄버거, 시리얼, 어쩌면 코카콜라 여덟이나 열 캔, 스테이크, 약간의 불고기와 돼지 갈빗살을 먹어야 해…….'

그는 머리를 흔들었다.

"자."

데릭이 말했다.

"지금 무슨 생각을 하고 있지?"

브라이언은 데릭을 응시하고는 머리를 흔들었다.

"아저씨가 알고 싶어 하지 않을 거요. 잡스런 생각을 좀 했어요."

브라이언은 그곳을 나와 일과를 시작했다. 그것으로 충분했다. 말은 할 만큼 했다. 알아들을 만큼 충분히 말했다. 지난밤과 같은 밤을 또다시 맞는다면 살아남지 못할 것이다.

브라이언은 옷은 마르게 그대로 널어 두고 테니스화만 신었다. 그가 보니 데릭도 똑같이 했지만 공책을 지니고 있었다. 브라이언은 호숫가를 따라 왼쪽 방향으로 출발했다.

그는 생각했다. '규칙 하나, 호숫가를 떠나지 마라. 그렇지 않으면 길을 잃을 것이다.'

브라이언은 데릭 말을 기억하고 큰 소리로 그렇게 말해 주었다.

"고마워."

데릭은 무척 예의 바르게 말했다. 속옷 차림에 공책을 들고 서 있는 모습이 옛날 코미디 영화에 나오는 인물 같았다. 브라이언은 진지한 표정을 유지하느라 애를 먹었다.

"그 말이 바로 내가 말한 '알아듣게 객관화한다'는 거야."

"우린 부싯돌, 대피소, 그리고 먹을 것을 찾고 있어요. 모두 한꺼번에요. 먹을 것은 항상, 항상 찾아야 해요. 저기, 공터 가장자리를 따라 위쪽을 보세요. 저 그루터기들 보이죠?"

데릭은 고개를 끄덕였다.

"저것들이 나중에 굼벵이 온상이 될 거예요."

"굼벵이?"

"네. 곰들은 굼벵이를 먹어요. 맛있게 먹어요. 전 아직 굼벵이를 먹을 수 없지만, 셋째 날쯤 돼서도 먹을 걸 찾지 못하거나 물고기도 잡지 못한다면 아마 굼벵이도 아주 맛있게 보일 거예요."

"굼벵이가?"

브라이언은 미소를 지었다.

"이전에 한 번쯤은 이런 살아남기 훈련을 하지 않았어요?"

"아, 우리는 도마뱀, 달팽이, 그딴 걸 먹었어. 사막에서는 그딴 것들이 다니는 길이 있기 마련이지. 아니 지금까지는 그랬어. 앞으로는 길이 바뀌겠지. 그리고 사람들이 개미와 메뚜기를 먹는다는 이야기는 늘 읽어서 알고 있어."

"사람들이 그것들을 씹어 먹지는 않아요."

브라이언이 말했다.

"차마 씹지 못할 거예요. 내장까지 모두 통째로 짓씹는다고 생각해 보세요. 그것들은 너무 말랑하고, 뭐랄까, 어쨌든 굉장히 말랑말랑하잖아요. 하지만 그것들을 나뭇잎에 싸서 통째로 삼키면……."

"그렇군."

데릭은 고개를 끄덕이고 공책에 썼다.

"굼벵이."

브라이언은 걸음을 멈추고 데릭 쪽으로 얼굴을 돌렸다.

"먹을 게 전부예요."

"무슨 뜻이지?"

"말 그대로예요. 여기서는, 자연에서는, 단연코 음식이 전부예요. 우리의 다른 모든 부분, 세상의 모든 것은 음식이 없으면 아무런 의미가 없어요. 제가 어딘가에서 읽었는데 인간의 모든 것, 과거부터 현재까지의 인간 또는 미래 인간의 모든 것, 모든 생각과 꿈과 섹스와 미움과 크고 작은 모든 것이 농작물 그러니까 먹을 것을 재배하는 데 필요한 15센티미터의 겉흙과 비에 달려 있다는 거예요."

"네가 그렇게 생각했던 것 같은걸."

"그것밖에 한 게 없었어요. 먹을 것만 생각했어요. 새, 물고기, 개미까지 한번 다른 동물들을 살펴보세요. 그들 모두가 먹을 것에 시간을 다 써요. 뭔가 먹을 걸 구하는 거죠. 식량을 구하는 것, 바로 그게 자연의 본질이에요. 이런 곳에서는 살아야 하니까 먹을 것을 찾아요. 먹을 게 우선이에요. 먹을 것. 먹을 것."

두 사람은 그날 온종일 그런 식으로 움직였다. 오전 중간쯤 그들은 덤불숲에서 자라는 라즈베리를 조금 발견했다. 나무에 딸기가 풍성하지는 않았다. 한 사람분으로는 충분해도 두 사람분으로는 부족했다. 그래도 딸기가 약간이라도 있어서 그들은 속옷 차림으로 덤불을 헤치고 들어가서 눈에 띄는 딸기는 죄다 먹었다.

그들은 또한 브라이언이 복통 체리라고 불렀던 초크체리도 약간 발견했지만 브라이언은 머리를 흔들었다.

"나중에, 어쩔 수 없으면, 조금만 먹어요."

브라이언은 계속 호수를 따라 움직이면서, 기다리고, 걷고, 기다렸다. 그러다가 마침내 그가 기다리는 것, 그의 마음속 깊이 숨어 있는 것이 무엇인지 깨달았다.

행운.

움직이고 살피고 열심히 일해라. 행운이 올 때까지 계속 그렇게 하라. 운이 나쁘면 그것을 이겨 내라. 그리고 그와 반대로 행운이 오면 기꺼이 잡아라.

오후 중간에 그들에게 행운이 왔다. 그리고 흔히 그렇듯이 행운은 나쁜 운으로 인해 왔다.

8

브라이언은 앞장서서 호수 아래쪽을, 데릭을 오른쪽에 두고 이동하면서 호수 가장자리에서 가까운 쪽을 맡았다. 데릭은 호수에서 떨어진 위쪽을 맡았다. 그들은 이동하면서 딸기를 찾았다.

"계속 제가 보이는 곳에 있으세요."

브라이언은 그에게 말했다.

"호수를 멀리 벗어나서 보이지 않는 일이 없도록 하세요. 그리고 우연히 곰을 만나면 곰과 눈을 맞추지 마세요."

"곰?"

"그놈들도 먹을 걸 찾고 딸기를 먹거든요. 어쩌면 곰을 보게 될지도 몰라요. 뒤로 비켜서기만 하고 곰을 쳐다보지 마세요. 제가 읽은 거에 따르면 쳐다보면 곰을 위협하는 거래요."

"곰?"

자신의 경고가 통했는지 데릭이 어디서든 보이는 거리에 있는 것을 보고 브라이언은 기뻤다.

그들이 호수의 북쪽 끝에 접근하면서 땅이 높아졌다. 땅이 낮은 기복으로 융기하면서 호수 옆에 꽤 큰 언덕이 형성되어 있었다. 이런 융기와 호수의 결빙과 해빙으로 인해, 매년 겨울마다 얼음이 얼고 움직여서, 땅이 잘려 나갔다. 게다가 폭우로 인해 더 많은 땅이 유실되어 있었다. 브라이언은 어젯밤 큰비에 유실된 땅도 볼 수 있었다. 이처럼 언덕의 측면이 계속 깎이는 바람에 작은 벼랑 비슷한 것도 형성되어 있었다.

10미터 정도로 무섭게 높지는 않았지만 가파르고 몹시 불안정했다. 비를 맞아서 가장자리는 푸슬푸슬하고 흐물흐물했다.

브라이언은 가장자리 가까이에서 움직였다. 저 아래로 호수의 푸른 물이 들여다보였다. 물고기들이 움직이고 있었다. 물고기를 보자 브라이언은 시장기가 심해지는 걸 느꼈다. 이제 만 하루가 지나갔고—그들은 비행기를 타고 호수에 오기 전날 정상적인 식사를 했었다—시장기가 다급하게 몰려왔다.

브라이언은 얼굴을 돌려 데릭을 보았다. 데릭은 언덕의 등성이를 올라가고 있었다.

"물고기 좀 봐……."

브라이언이 푸슬푸슬한 가장자리로 너무 가까이 다가가는 바람에 말을 다 끝내기도 전에 둑이 무너져 내렸다.

손가락으로 물고기를 가리킨 채로 브라이언은 모루(anvil, 대장간에서 달군 쇠를 올려놓고 두드릴 때 받침으로 쓰는 쇳덩이: 옮긴이)처럼 뚝 떨어졌다. 절단면 아래 중간쯤에 흙과 돌이 혼합된 작은 노두(outcropping, 광맥, 암석이나 지층, 석탄층 따위가 지표에 드러난 부분으로 광석을 찾는 데 중요한 실마리가 된다: 옮긴이)가 있었는데, 진흙과 석회질이 결합된 것이어서 무너지지 않고 그대로 있었다. 떨어지면서 브라이언의 배가 그 노두의 돌출부를 쳤다. 심하게.

"우우우후!"

타이어가 펑크 나는 것 같은 소리가 그 자신한테 들렸다. 그다음 브라이언은 위로 비스듬히 튀더니 이내 소나기처럼 쏟아지는 진흙과 돌을 뒤집어쓰고 그대로 바닥까지 떨어졌다. 호숫가의 자잘한 자갈이 물과 맞닿아 있는 곳이었다.

사지를 쭉 뻗고 엎드린 채로 브라이언은 생각했다. '움직이지 못할 것 같아. 이제 다시는.'

데릭이 어느새 그의 옆에 와서 얼굴을 찡그리며 걱정했다.

"아파?"

브라이언은 생각했다. '왜 저렇게 묻지? 이러고도 내가 아프

지 않을 거라고 생각하는 거야?'

하지만 브라이언은 고개를 흔들었다.

"아뇨. 그런대로 뭐……."

브라이언은 일어섰다. 아니 몸을 일으키려고 손을 밑으로 내려 땅을 짚었다. 이렇게 움직이면서 그는 주변 호숫가에 흩어져 있는 돌에 주목했다. 거의 대부분이 둥글고 매끄러웠다. 바람과 물 그리고 기후와 시간에 부서지고 깎인 것들이었다. 그런데 거기에 까맣고 단단한 돌 조각이 뒤섞여 있었다.

브라이언이 떨어진 그곳에 풍화되지 않은, 싱싱한 돌들이 널브러져 있었다. 그는 그 돌들이 자신이 곤두박질 친 둑에서 떨어져 나온 거라는 것을 알았다.

"이거 보세요."

브라이언은 검은 돌 하나를 집어 들었다. 이가 빠지고 켜가 져 있는 돌이었다.

"제가 손도끼로 불을 일으켰던 돌과 같은 종류일 거예요."

"부싯돌 말이군."

데릭이 말했다.

"내 생각에도 그런데."

브라이언은 자신의 나이프를 꺼내 들었다. 칼날을 펴서 날을 고정시키고 강한 강철의 뒷면으로 부싯돌의 날카로운 모서리를 쳤다. 세 번, 네 번을 치자 마침내 불꽃이 일었다.

브라이언은 웃으면서 얼굴을 들었다.

"이제 모기들은 끝이에요."

브라이언은 좀 더 큰 검은 돌 두 개를 집어 들었다. 그러고는 야영할 곳을 찾아 나섰다. 그 일에도 행운이 기다리고 있었다.

그들은 호수 주변을 거의 반쯤 돌면서 먹을 것이 있는지도 살폈다. 호수의 북쪽 끝을 지나갈 때 뜻밖에도 작은 견과가 주렁주렁한 낮은 관목 숲을 발견했다. 브라이언은 이것이 헤이즐넛이라는 것을 알았다.

그걸 따 먹으려고 발걸음을 멈췄다. 익은 것도 있고, 아직 여물지 않았지만 익어 가는 것도 있었다. 이미 벌레들과 다람쥐들이 다녀간 뒤이긴 했지만, 그들이 시장기를 면할 만큼 충분한 견과가 있었다. 그들은 돌멩이를 이용해서 견과 껍질을 깠다. 돌멩이로 견과를 후려쳐 발라낸 작은 알맹이를 씹으며 한 시간 이상을 보냈다. 껍질 속 알맹이 맛은 더없이 달콤했다.

저녁이 다가오고 있었다. 브라이언은 어둠과 저녁의 곤충 떼가 그들을 덮치기 전에 대피소를 찾고 불을 피워야 한다는 것을 알고 있었다.

이번에는 울창하게 늘어선 버드나무 숲을 나오다가 그것을 발견했다.

아주 먼 옛날에 선반 모양의 암석층에 형성된 작은 구릉의 측면에서 자라던 거대한 나무 한 그루가 심한 바람에 쓰러졌다. 그

나무가 쓰러지면서 뿌리에 감겨 있던 흙을 함께 끌어당기는 바람에 선반 모양의 암석층 아래 뒤쪽 깊숙이 커다란 구덩이가 생기게 되었다. 그 나머지는 시간이 해결했다. 그 나무는 오랫동안 두고두고 썩어서 벌레의 온상이 되었고, 얼마간의 흙이 다시 구덩이로 스며들었고, 그곳에 풀씨가 날아들었으며, 이제 구릉의 측면에 선반같이 돌출한 바위를 지붕으로 하는 큰 구덩이가 되어 있었다. 구덩이의 양 측면에는 우뚝 솟아서 그곳 전체에 그늘을 드리운 커다란 백송들이 있어서 평화로운 정원 같은 기분이 들었다.

그것은 브라이언이 L자 형의 호수에서 가졌던 대피소만큼 완벽한 대피소도 아니고 또 그만큼 멋지지도 않았다. 그러나 충분히 쓸 만했고 없는 것보다는 훨씬 나았다. 그리고 안성맞춤으로 바위 선반 옆에 작은 샘이 있고, 바위틈에서 샘물이 졸졸 흘러나와서 호수로 흘러내리고 있었다.

“이게 우리 집이에요.”

브라이언이 말했다.

데릭은 그 구덩이를 살펴보았다.

“구덩이 같은데. 구덩이를 살 만한 집으로 만들려면 어떻게 하지?”

“침대를 만들고 불을 피워야지요. 소나무 가지들을 이용해서 침대를 만드세요.”

브라이언은 가지를 잘라 뾰족한 끝을 아래로 향하게 하고 그것들을 엮어서 부드러운 침대를 만드는 법을 데릭에게 보여 주었다.

“아저씨는 침대를 만드세요. 저는 불을 피울게요.”

“네가 불을 피우는 걸 내가 지켜봐야 하는데.”

데릭이 말했다.

“그래야 내가 그것에 대해 쓸 수 있으니까.”

브라이언은 고개를 끄덕이고 필요한 것을 찾아 나섰다.

맨 처음의 그 불이 자신에게 어떤 의미가 있었는지 브라이언은 결코 잊지 못할 것이다. 그것은 먼 옛날의 인간에게 중요했던 것 못지않게 자신에게도 중요했다. 그래서 지금 그는 거의 종교적인 경험으로 불 피우기에 접근하고 있었다.

불은 성급하게 피울 수 있는 것이 아니라는 것을 브라이언은 알고 있었다. 불은 그것이 오고 싶어 할 때, 그리고 그것을 위한 좋은 잠자리와, 그것을 위한 집이 준비될 때 비로소 올 것이다.

브라이언은 호숫가 근처에서 자작나무 몇 그루를 발견했다. 그는 손톱으로 마른 자작나무 껍질이 머리칼처럼 가는 솜털이 될 때까지 갈가리 찢었다. 그것을 계속 뭉쳐서 마침내 지름 7센티미터의 솜털을 한 뭉치 마련했다.

브라이언은 여기에 가루가 될 정도로 바스러뜨린 마른 풀을 약간 더했다. 그리고 그것이 완전히 뭉쳐졌을 때 손가락을 사용하여 가운데에 살포시 구멍 하나를 뚫었다.

브라이언은 생각했다. '불을 위한 집이야, 불이 살 장소.'

데릭은 이 모든 것을 아주 관심 있게 지켜보면서 때때로 자기 공책에 기록을 하고 중요한 대목에는 밑줄을 긋고 고개를 끄덕였다.

브라이언은 부싯깃을 놔두고 성냥만큼이나 작은 마른 소나무 가지를 약간 구해 왔다. 이것들을 부러뜨려서 사용하기 좋게 일렬로 정렬해 잘 쌓아 올렸다. 그런 다음에 좀 더 큰 마른 나무와 한결 큰 나무를 구해 왔다. 마침내 나무 더미가 그의 무릎 높이만큼 되었다.

이 모든 과정에서 브라이언은 아무 말 없이 오로지 불만 생각했다. 그제야 그는 데릭에게로 얼굴을 돌렸다.

"나무는 아무리 많아도 부족해요. 언제나 그래요. 그리고 항상 안전한 장소에 부싯깃과 함께 마른 나무를 저장해 둬야 해요……."

브라이언은 말을 멈추고, 생각하고, 기억했다.

"무슨 말이지?"

데릭이 물었다.

"불 말이에요. 불은 진짜…… 진짜 생명체예요. 우리에게 아주 중요한 거예요. 저쪽 문명세계의 우리는 그걸 모르고 있어요. 하지만 지난번 집에 돌아갔을 때, 저는 우리가 현재 이용하는 갖

가지 형태의 불이 존재하기 전에, 뭐랄까, 형편이 어땠는지 공부하려고 노력했어요. 식민 시대에 사람들은 단지 불을 지키려고 계속 밤샘을 했고, 고대에는 부족에서 가장 중요한 사람을 불 감시원이라고 불렀어요."

데릭이 그 말을 기록했다. 브라이언은 미소를 지었다. 데릭이 딸기와 견과를 찾아서 온종일 쏘다닌 일이나 회사 중역처럼 서류가방을 들고 다닌 일은 사실 우스꽝스러워 보였다. 하지만 데릭은 진심으로 자신의 일을 수행하고 있었다. 브라이언은 그런 데릭이 점점 더 좋아졌다. 브라이언이 언덕바지에서 떨어졌을 때 데릭이 그의 곁에 무릎을 꿇고 살폈는데, 그때 데릭의 걱정은 진심이었다.

불.

지금 해가 기울고 있으니 머지않아 때를 기다리는 벌레들을 동반하고 저녁이 올 것이다.

브라이언과 데릭은 덮개 바위 앞에 조그만 불 구덩이를 만들었다. 그런 다음 브라이언은 불꽃 컵의 주둥이가 위쪽을 향하도록 하여 부싯깃을 구덩이 바닥에 놓았다.

브라이언은 이 컵 바로 위에서 부싯돌을 잡았다.

나이프에 부싯돌을 맞부딪쳤지만 불꽃은 전혀 튀지 않았다.

브라이언은 생각했다. '당연해. 이 일이 쉽다면 모두가 이런 식으로 불을 피우고 싶어 하겠지.'

그는 다시 치고 또 쳤다. 마침내 불꽃이 튀었다. 이제 그는 힘을 가다듬어 칼등에 부싯돌을 힘차게 쳤다. 다시 치고 또 쳤다. 마침내 작은 소나기 같은 불꽃이 불 컵 속으로 떨어졌다.

브라이언은 재빨리 손에 부싯깃을 집어 들고, 조용히, 부드럽게, 불꽃에 입바람을 불었다. 그러자 불꽃들이 부싯깃 속에서 빛을 발하는 구멍이 되었다. 그 구멍이 커지면서 빨갛게 타오르더니 잉걸불로 변했다. 마침내 그가 부싯깃을 다시 바닥에 내려놓고 입바람을 불었다. 연기가 소용돌이치며 그의 눈으로 들어오고 새로운 화염이 깜빡깜빡 명멸했다.

브라이언은 속으로 말했다.

'안녕, 불아, 안녕.'

그는 화염에 작은 나뭇가지를 넣었다. 나뭇가지들을 서로 교차시키고 또 교차시키자 불이 기운차게 활활 타올랐다. 그다음 좀 더 큰 나뭇가지를 넣고 이어 한결 큰 나뭇가지도 넣었다. 나뭇가지가 구덩이에 가득 차면서 제대로 피어오른 불이 우직우직 타는 소리가 났다.

브라이언은 느긋하게 엉덩이를 대고 앉아서 미소를 지으며 데릭을 쳐다보았다. 데릭 역시 미소를 짓고 있었다.

브라이언은 손으로 주변을 한 번 빙 가리켜 보였다.

"이제 모기는 없을 거예요. 연기 때문에 접근하지 못하거든요. 많은 연기도 필요 없고 그저 주변으로 흩어질 정도면 돼요.

그래도 나무는 더 많이 필요해요."

그들은 한 시간가량 나무를 거둬들여 야영장 한쪽에 산더미처럼 쌓아 놓았다. 데릭은 틈을 내서 침대용으로 쓸 소나무 가지도 잘랐다. 그들은 늦은 시각이 돼서야 드러누워 쉬었다. 덮개 바위를 집으로 만들기 위해 많은 일을 한 뒤였다.

브라이언은 모로 누워서 잠이 들었다. 그가 졸기 전에 마지막으로 들었던 건 늑대 소리였다. 데릭이 일어나는 소리가 들렸다.

"늑대예요."

브라이언이 말했다.

"멀리서 그냥 노래하는 거예요. 늑대들은 사람을 괴롭히지 않아요. 다시 주무셔도 돼요."

데릭은 다시 잠을 청했다. 그는 몸을 뒤척이다가 고른 숨을 쉬었다. 브라이언도 다시 잠을 청했다.

9

브라이언은 물고기 덫을 놓고 나와서 머리를 흔들었다.

실제로 지난번하고 같은 것이 하나도 없었다.

날씨는 화창했고 오후 중반의 햇빛이 그들의 머리 위에 내리 쏟아지고 있었다. 브라이언은 문제가 무엇인지, 잘못된 것이 무엇인지를 생각해 보았다.

어쨌든 아주 행복한 야영 여행이 되고 말았다.

브라이언은 생각했다. '청량음료와 샌드위치가 가득한 냉장고가 있는 셈이야.'

그들이 호수에 온 지 이제 사흘째인데 그곳에서 1년은 머무른 것 같았다. 야영지는 깨끗하고 깔끔하게 정돈되었다. 데릭은 무전기로 통화해서 사람들에게 자기들이 잘 지낸다고 전했다. 또 브라이언의 부모에게도 소식을 전해 달라고 말했다. 브라이언은 자신들이 장비를 돌려보낸 것을 알면 어머니가 걱정할 거라고 생각했다. 그들은 소나무 가지를 더 많이 잘라서 침대를 더 깊고 부드럽게 만들었다. 한 달간은 쓸 수 있는 장작을 모아 두었고, 자작나무 껍질로 만든 그릇에 먹고 남은 헤이즐넛과 딸기도 담아 놓았다.

그들은 블루베리와 라즈베리와 자두를 발견했다. 호수의 이쪽 기슭은 숲이 막힌 데가 없이 확 트였는데 햇빛이 잘 들어서 그런지 자두와 견과와 딸기가 무성했다.

야생 자두. 자두는 약간 푸른색이 돌았다. 아직 푸른데도 어찌나 달고 기름진지 브라이언은 맛을 보면서도 믿을 수가 없었다. 집에서 재배한 작은 자두 같지만 톡 쏘는 맛이 약간 더 있었다.

브라이언은 활을 만들고 자신의 허리띠에서 뽑은 줄을 활시위로 사용해서 물고기를 쏴 잡는 법을 데릭에게 보여 주었다. 그다음에 그는 물고기의 내장을 미끼로 삼아 돌로 만든 허방다리로 다른 물고기들을 끌어들이는 방법을 보여 주었다. 얼마 되지 않아 그들은 필요 이상으로 많은 물고기를 잡았다. 브라이언이 대합조개 서식지를 발견하는 바람에 그들은 사실상 멋진 식사를 했다. 불에 잘 구운 대합조개에 견과와 딸기까지 먹고 나니 배가 불렀다.

배가 불렀다.

게다가 그들은 먹은 것보다 더 많은 대합조개를 저장했고 허방다리에 많은 물고기를 남겨 놓았으며 목도리뇌조의 위치도 몇 군데나 알고 있었다. 토끼와 다람쥐들은 사방에 있었다. 어쩔 수 없이 그곳에서 살아야 한다고 해도 1~2년은 거뜬히 살 수 있을 것 같았다. 뭔가 잘못 돌아가는 느낌이 들었다.

모든 게 잘못 돌아갔다.

브라이언은 다시 고개를 저으며 불 구덩이 곁으로 돌아갔다. 데릭이 불 옆의 자기 침대에 앉아서 불이 계속 타도록 가끔 나뭇가지를 집어넣으며 공책에 무언가를 쓰고 있었다. 브라이언이 대피소 안으로 들어오자 데릭이 그를 올려다보았다. 브라이언은 그때까지도 고개를 젓고 있었다.

"무슨 문제라도 있나?"

브라이언은 어깨를 으쓱했다.

"모르겠어요. 제 생각엔, 뭔가 잘못 돌아가고 있어요."

"무슨 뜻이야. 잘못 돌아가다니?"

브라이언은 대피소, 침대, 먹을거리, 불, 호수를 쭉 둘러보았다.

"이 모든 게 잘못 돌아가고 있어요. 우리는 너무…… 너무 준비가 잘 돼 있어요. 너무 평온해요. 어쨌든, 이래선 소용이 없어요. 이래 가지곤 아무 소용이 없어요."

"난 아직도 네가 무슨 이야기를 하는지 확실히 모르겠는데. 우리는 제대로 했어. 나흘 동안 넌 나이프 말고는 아무것도 없이 삼림지대에서 사는 방법을 내게 보여 줬어. 나는 가지고 돌아가서 교과서로 삼을 기록을 엄청 많이 했고. 내가 보기엔 네 생각이 잘못인 것 같은데."

"하지만 이래서는 소용이 없어요."

브라이언이 말했다.

"이처럼 매끄럽고 쉬운 일이 아니에요. 비행기를 타고 잘 날아오고, 완벽한 호숫가에 자리를 잡아 만반의 준비를 하고, 꼭 필요한 먹을거리가 모두 있는데다가 이렇게 손쉽게 구할 수 있는 게 아니거든요. 실감이 나지 않아요."

데릭은 몸을 뒤로 젖힌 채 양손을 머리 뒤에 끼고 브라이언을 바라봤다.

"고통스러운 게 아무것도 없어요. 잘못된 게 아무것도 없다고요……. 지난번 실제 상황에서는 여러 가지 어려움이 있었거든요. 처음부터 문제가 발생했단 말이에요. 우선 비행기가 안전하게 착수해서 나를 호수에 내려놓은 게 아니었어요. 비행기가 추락을 했어요. 그리고 사람이 죽었어요. 저는 부상을 당했고요. 그때 전 아무것도 몰랐어요. 전혀 아무것도. 어쩌면 그때 저는 죽은 거나 마찬가지였어요. 그런 상황이었다고요. 그런데 지금 우리는 여기서 너무 태평하게 지내잖아요. 너무 쉽게 물고기를 잡고 딸기도 더 많이 있고."

"긴장 말이군."

데릭이 말했다.

"긴장이 부족하다는 말이군."

브라이언이 고개를 끄덕였다.

"그럴 거예요. 하지만 그것뿐만이 아니에요. 아저씨는 아저씨가 원하는 걸 가르칠 수 없을 거예요."

"다른 사람들이 할 거야. 살아남는 법을 가르치는 거."

"아니요. 그 사람들은 다른 사람들에게 그냥 말만 해 주는 거예요. 아저씨가 그 사람들에게 우리가 한 일을 일부 말해 준 걸 가지고요. 그게 가르치는 건 아니잖아요? 어떻게 하면 살아남는지, 살아남는 게 어떤 것인지를 가르치는 거 말이에요. 사람들에게 진짜로 살아남는 방법을 가르치려면, 한 사람 한 사람 다 여기로 데려와서, 호수에 빠트리고, 헤엄쳐 나와서 호숫가로 기어오르게 하고, 죽기 살기로 살게 만들어야 해요. 한 사람 한 사람 전부 다 말이에요."

"하지만 그건 불가능한 일이야."

브라이언은 고개를 끄덕였다.

"알아요. 하지만 그런 식으로 하지 않으면 효과가 없을 거라는 생각이 들어요. 이야기를 들려줄 수는 있겠지만 실제로 가르쳐 줄 수는 없어요."

"긴장."

데릭은 그 말을 되뇌면서 몸을 앞으로 숙이고 공책에 썼다.

"위급한 상황에서 나오는 긴장이 필요하다."

그들은 그날 나머지 시간과 밤을 편히 쉬었다. 나중에 브라이언은 그들이 긴장이 필요하다고 말했던 것을 기억하고는 그런 생각을 아예 하지 말았더라면 좋았을 거라고 생각하곤 했다.

10

브라이언은 갑자기 눈을 떴다. 그리고 귀를 기울이고 냄새를 맡았다.

잠시 동안 그는 자신이 무엇 때문에 자다 말고 일어났는지 알 수 없었다. 불이 꺼지지 않게 잘 묻었으니 잉걸불은 아침까지 끄떡없을 터였다. 불은 아직 따뜻하고 벌겠으며 연기를 약간 내고 있었다. 곤충도 없고, 밤의 냉기도 그리 차지 않고, 돌아다니는 동물도 없었다. 달리 아무런 이상도 발견하지 못했다. 다시 눈을 감고 잠을 청하는 순간에 그 소리가 들렸다.

멀리서 들려오는 천둥소리. 크지 않았다. 낮게 우르릉거리는 소리였다. 브라이언은 비가 다가오는 냄새를 맡을 수 있었다. 하지만 비는 아무런 문제를 일으키지 않을 것으로 보였다. 폭풍과 바람이 북북서 쪽에서 불고 있고 마침 그들 뒤에는 구릉이 버티고 있으니 그들을 보호해 줄 것이다. 덮개 바위가 남쪽을 향해 있고 구릉 측면에 있어서 비가 그들을 괴롭힐 것 같지도 않았다. 사실, 저녁나절에 가벼운 비가 내렸는데 대피소에는 빗물이 한 방울도 스미지 않았다. 폭풍으로 빗물이 대피소 입구에서 멀리 날릴 것이니, 그들은 젖지 않고 안전하게 머물 것이다.

브라이언은 불이 절대 꺼지는 일이 없도록 나무 두세 개비를 불에 얹었다. 모기가 접근하지 못하게 푸른 나뭇잎을 한 줌 집어넣어 연기를 내었다. 그는 데릭이 잘 자고 있는 것을 확인한 다음 다시 자기 침대에 누웠다.

폭풍이 그들에게 불어닥치는 일은 없을 것이다. 브라이언은 전에 자신을 습격했던 토네이도를 떠올렸다. 그리고는 걱정하지 않기로 했다. 물론 토네이도만이 아니라 다른 어떤 것에라도 또다시 얻어맞을 가능성은 매우 컸다. 그렇더라도 그게 그들을 비켜 가기를 바라는 것 말고 그들이 할 수 있는 건 아무것도 없었다. 브라이언은 토네이도가 냈던 거친 포효와 그 토네이도를 몰고 왔던 폭풍을 기억했다. 그런데 이번 소리는 그때 소리와 달랐다.

가벼운 천둥을 동반한 여름의 폭풍우였다. 그다지 걱정하지 않아도 될 것 같았다. 눈을 뜨고 밤을 지새울 폭풍이 아닌 게 분명했다. 브라이언은 다시 잠자리에 들어서 깜박깜박 잠 속으로 빠져들어 갔다.

* * *

여러 가지가 들락거리고 있었다. 브라이언은 데릭과 이야기하는 꿈을 꾸었다. 꿈속에서 그들은 무전기로 비행기를 호출하여 남은 "작전"을 취소해야겠다고 생각하고 있었다. 그런데 데릭은 소통이 되지 않는지 계속 호출만 해 댔다.

그러다가 브라이언은 폭발 소리에 눈을 떴다.

폭발이 그의 두개골 속에서, 생각 속에서, 꿈속에서 일어난 것 같았다. 날카롭게 찢어지는 소리, 어찌나 크고 시끄러운지, 벌떡 일어났고, 침대에서 나가떨어졌고, 일어섰고, 아무 생각 없이 대피소 뒤쪽으로 움직였다. 브라이언은 자신이 움직이고 있다는 것도 모르고 움직이고 있었다.

천둥이었다.

그런데 전에 들어 본 소리와 달랐다. 이제껏 들어 본 적도 없는 소리였다. 그런 소리가 그들의 주변에서 터졌고, 대피소 주변에는 번개가 치고 있었다. 어찌나 가까운지 브라이언에게는 그것이 자신의 내부에서 치고 있는 것으로 보였다.

"뭐야."

브라이언은 자신이 입을 열고 소리를 냈다는 것을 알았지만, 우르릉우르릉하는 천둥소리 이외엔 아무 소리도 들리지 않았다. 또 번쩍번쩍 번개가 치는 찰나에 얼어붙은 물상들 말고는 아무 것도 보이지 않았다.

마치 카메라 플래시를 터뜨려서 사진을 찍는 것 같았다. 플래시 섬광에 사물들이 한순간 얼어붙은 듯이 찰칵 고정되었다. 그 다음 순간 또 다른 플래시 섬광이 터지면 사물들이 달라졌다.

데릭이 움직이고 있었다.

섬광이 한 번 번쩍할 때 데릭은 그대로 침대에 있었다. 하지만 그의 몸이 들썩하면서 담요 삼아 덮었던 재킷이 떨어지는 것과 동시에 그도 일어났다.

어둠.

다시 또 한 번 플래시 섬광이 번쩍하자 데릭은 무릎을 꿇었다.

어둠.

그다음에 데릭은 몸을 앞으로 숙이고 손을 내밀었다. 침대 옆의 서류가방과 무전기를 잡으려고 손가락 하나를 뻗치고는 안간힘을 쓰고 있었다.

브라이언은 생각했다. '안 돼, 손을 뻗지 말고 낮게 엎드려야 돼.'

브라이언은 생각한 대로 바로 고함을 쳤다. 그렇게 절규했다. 하지만 아무 소용이 없었다. 그 어떤 소리도 천둥소리를 이겨 낼

만큼 클 수가 없었다.

카메라에 잡히는 이미지.

뭔가, 어떤 푸르스름한 열과 빛과 무시무시한 힘 같은 것이 나무에서 서류가방으로 무전기로 펄떡펄떡 뛰더니 데릭의 손으로 들어가는 듯했다. 눈 깜짝할 사이에 그것이 데릭을 때리면서 그의 등이 활모양으로 굽더니 그대로 그의 몸이 탁탁 튀어 올랐다. 그러고는 그것이 대피소 전체에 퍼지는 것 같더니 브라이언마저 강타했다.

브라이언이 본 것은 푸른 기운으로, 거의 포탄 같은 에너지였다. 자신의 마음속에서, 자신의 생명 내부에서 번뜩번뜩하면서 불빛이 갈라져 나오는 것을 보았다. 뒤미처 그는 뒤로 벌렁 나자빠졌고 더 이상 아무것도 보이지 않았다.

11

눈이 떠지기 전에 눈꺼풀로 빛이 새어 들었다. 환한 빛이었다. 그런데도 눈은 떠지지 않았고 초점도 맞춰지지 않았다. 브라이언은 무슨 냄새가 나는 걸 느꼈다. 뭔가가 불에 탔는지, 불탄 냄새가 코를 찔렀다. 머리털. 불에 탄 머리털 냄새였다.

냄새가 지독했다.

브라이언은 눈을 크게 뜨고, 깜박이며, 보려고 애썼다. 그는 겹겹이 켜를 지은 덮개 바위 천장이 보이는 곳에 드러누워 있었다.

대낮이었다. 브라이언은 자신이 왜 해가 벌건 대낮에 천장을 바라보며 흙바닥에 드러누워 있는지 알 수 없었다.

그때 기억이 났다.

부분 부분이 떠올랐다. 소리, 빛, 천둥, 그리고 우르릉 쾅쾅 찢어지고 갈라지는 천둥소리. 그는 두려웠다. 처음에는 무엇이 두려운지도 모르고 그저 두려웠다. 그러다가 마침내 그는 데릭을 기억해 냈다.

그것이 데릭을 쳤다!

자기 눈으로 직접 그것이 데릭을 치는 것을 보았다.

그는 몸을 옆으로 돌렸다. 몸이 뻣뻣했다. 땅속에 처박힌 느낌이었다. 갑작스런 움직임에 시력도 흐려졌다.

저기.

데릭이, 아니 데릭의 형체가 보였다. 오른손은 뻗치고 왼손은 옆구리 뒤로 늘어뜨린 채 침대에 엎드려 있었다. 눈앞이 흐릿했다. 모든 게 흐릿했고 머리가 멍멍했다. 어떻게 눈이 이렇게 흐릿할 수 있지? 브라이언은 머리를 흔들며 눈의 초점을 맞추려고 노력했다.

데릭은 아직도 자고 있었다.

브라이언은 생각했다. '정말 이상한데. 이렇게 밝은 대낮에 아직 잠을 자고 있다니.'

뒤미처 그는 데릭이 잠을 자는 것이 아니라는 것을 알았다. 그렇지만 다른 생각은 하고 싶지 않았다.

브라이언은 다시 생각했다. '차근차근 따져 보자.'

그의 정신도 흐릿한 시야만큼이나 가물가물했다.

'모든 걸 차근차근 따져 보자. 아저씨는 무전기와 서류가방을 잡으려고 손을 뻗었어. 그때 번개가 대피소 옆의 나무를 친 다음 나무를 타고 내려와 공기를 가로지르며 아저씨를 공격했어. 아저씨가 쓰러졌고…… 아니야! 아저씨는 아직 잠을 자고 있는 거야. 아저씨는…… 아니야! 아닐 거야!'

그러나 점차 밝아지고 있는 브라이언의 눈으로 데릭이 머리를 옆으로 하고 누워 있는 모습이 들어왔다. 데릭의 얼굴이 브라이언을 향하고 있었는데 눈을 감지 않고 있었다.

데릭은 두 눈을 뜨고 있었다.

데릭은 움직임 없이 모로 누운 채로 두 눈을 뜨고 있었다. 브라이언은 참 이상하다고 생각했다. '어떻게 저렇게 하고 잠을 자지. 배를 깔고 축 늘어져서…….'

브라이언은 데릭이 자고 있는 게 아니라는 걸 알아차렸다.

그는 알아차렸다.

"아니야……."

'그럴 리가 없어. 데릭이…… 죽었을 리가…….'

마침내 브라이언은 그 사태를 받아들였다.

그는 근육이 땅겨서 아주 천천히 양손과 무릎을 일으키고 대피소 바닥을 기어서 데릭이 누워 있는 곳까지 갔다.

몸집이 큰 데릭은 브라이언이 떨어졌을 때처럼 엎드린 채 머리를 왼쪽으로 향하고 있었다. 눈은 완전히 뜨지 않고 일부 감긴 상태였고 눈동자가 대피소 뒤쪽을 초점 없이 바라보고 있었다.

브라이언은 데릭의 볼에 손을 대 봤다. 그는 조종사가 심장마비를 일으켰을 때 감촉이 차가웠던 사실을 떠올렸다. 죽은 사람의 피부는 차가웠었다.

그런데 데릭의 피부에는 그런 차가움이 없고 따뜻했다. 브라이언이 무릎을 꿇고 보니 숨을 쉬고 있었다.

가슴이 겨우 오르락내리락하는 작고 약한 호흡이지만, 데릭은 숨을 쉬고 있었고, 공기가 들락날락하고 있었다. 그러니까 데릭은 아니었다. 데릭은 죽은 게 아니었다. 브라이언은 상체를 굽히고 그를 들여다봤다.

"데릭 아저씨?"

응답이 없었다. 데릭이 그의 말을 들었다는 어떤 표시도 없었다.

"데릭 아저씨. 제 말이 들려요?"

여전히 아무런 표시도, 아무런 움직임도 없었다.

브라이언은 생각했다. '그래. 의식을 잃은 거야. 얻어맞고 의식을 잃은 거야. 그러니까 편안하게 해 주면서 기다리면 의식을 찾을 거야.'

바로 그거였다. 의식을 잃은 것뿐이었다.

데릭의 머리가 불편한 각도로 비틀어져 있는 걸로 보였다. 브라이언은 데릭의 한쪽 옆구리를 잡고 그의 몸을 젖힌 다음 베개 대용으로 그의 재킷을 말아 그 위에 머리를 받쳐 주었다. 목의 감촉이 고무처럼 물렁했다. 그렇게 하는 사이에 서류가방과 무전기가 그의 눈에 들어왔다.

무전기.

그게 있었다. 바로 서류가방 위에.

바로 지금이 무전기가 필요한 순간이었다.

브라이언은 얼른 무전기를 집어 들고 스위치를 켰다.

"케이티 원, 여기는 케이티 투, 오버."

케이티는 어머니 이름이다. 작은 것이긴 하지만 어머니를 이 일에 참여시키는 한 방법이었다. 그들은 호출 신호로 어머니의 이름을 사용했고, 데릭은 브라이언에게 지금과 같은 위기에 처했을 때를 대비해서 무전기 사용법과 정확한 절차를 가르쳐 주었었다.

"케이티 원, 여기는 케이티 투, 오버."

먹통이었다. 브라이언은 스켈치 컨트롤(squelch control, 수신기 음량 조절 스위치: 옮긴이)을 낮추고 전파 방해가 있는지 들어 봤지만 아무런 소리도 들리지 않았다. 소음조차 없었다.

브라이언은 다시 시도해 보았다.

"케이티 원, 여기는 케이티 투, 오버."

완전 먹통이었다. 무전기를 살펴보았다. 무전기 케이스에서 삐져나온 안테나 옆에 플라스틱이 변색되어 생긴 작은 점이 보였다. 불에 탄 자국이었다. 무전기는 야외에서 사용할 수 있게 튼튼하게 만든 것으로 방수 케이스가 씌워져 있었다. 바깥 케이스를 벗기고 보니 데릭과 브라이언은 물론이고 무전기도 벼락을 맞았다는 걸 알 수 있었다.

뒷면 플라스틱에 불에 탄 톱니 모양의 선이 있었다. 케이스를 벗기고 안쪽을 보지 않아도 무전기가 결딴났다는 것을 알 수 있었다.

'이제 어떻게 하지? 생각을 해야 해, 생각을.'

하지만 브라이언은 제대로 생각을 할 수 없었다.

브라이언은 무전기를 내려놓고 데릭에게로 돌아갔다. 전혀 차도가 없었다. 호흡으로 그의 가슴이 조금 오르내리는 것 말고는 전혀 움직임이 없었다. 이제까지처럼 눈은 여전히 반쯤 뜨고 있었다.

'생각을 하자. 내가 알고 있는 거, 도움이 될 만한 게 뭘까?'

소나무 껍질이 불에 타서 벗겨진 곳이 눈에 들어왔다. 벼락이 덮개 바위 옆의 나무를 치고 줄기를 거쳐 뿌리로 내려왔거나 아니면 딴 곳으로 튀었을 것이다.

'아니야. 틀렸어.'

브라이언이 어딘가에서 읽은 바에 따르면 벼락은 아래가 아니라 위로 친다. 공중의 전기와 땅 위의 물체에 흐르는 전기 사이에 전기가 흘러나오는 방전 작용으로 일어나는 현상으로 땅바닥에서 위로 이동한다.

그렇다면 벼락이 땅바닥에서 나와 데릭과 무전기와 브라이언을 거쳐 나무로 이동한 다음 공중으로 올라갔다는 말이다. 하지만 벼락은 아래로 내려온 것처럼 보였다.

'데릭이 일어서서 손을 뻗지 말았어야 했는데…….'

브라이언은 머리를 흔들었다.

'바보같이. 지금 그게 중요한 게 아니잖아. 전기 충격, 전기 충격을 받았을 때 뭘 어떻게 해야 하지?'

브라이언은 생각했다.

'심폐소생술! 다시 숨을 쉬게 하려면 심폐소생술을 해야 돼. 하지만 아저씨는 이미 숨을 쉬고 있으니까 그건 아니야.'

브라이언은 계속 생각했다.

'심장. 그래 심장을 체크해야 돼.'

브라이언은 손가락으로 데릭의 손목을 짚었다. 맥박을 찾을 수 없었다. 그러나 자신의 손목을 짚어 봐도 역시 맥박이 잡히지 않았다. 그는 데릭의 가슴에 귀를 갖다 댔다. 그러자 심장이 뛰는 소리가 들렸다. 시간을 재 보려고 했지만 정신이 없어서 디지털시계로 측정되는 분당 박동 수를 맥박 수로 바꿀 수가 없었다.

'생각을 하자. 번갯불이 번쩍번쩍했고, 전기가 흘러 나와서 나무를 쳤고, 아저씨와 무전기와 나를 쳤어. 그리고 둘 다 넘어

져 기절했어. 그거야. 아저씨는 기절을 한 것뿐이야. 그러니까 시간이 좀 지나면 깨어날 거야.'

하지만 브라이언은 아무래도 그게 사실이 아닌 것 같았다. 데릭의 몰골로 보건대 단순히 기절한 상태만은 아닌 듯했다. 그럼에도 불구하고 브라이언은 데릭이 기절한 것이기를 간절히 바랐기 때문에 억지로 그렇게 믿었다.

데릭은 고르게 숨을 쉬고 있었다. 짧지만 고른 호흡이었다. 심장도 규칙적으로 뛰고 있었다.

'기절한 것뿐이야.'

브라이언은 데릭을 편안하게 눕힌 다음에 그의 옆에서 기다리기로 했다. 데릭이 깨어나기를 기다리기로.

기다리기로.

12

그날이 저물고 그날 밤이 새도록 브라이언은 데릭 옆에서 무릎을 꿇고 있었다.

기다렸다.

물을 마시고 딸기를 조금 먹고 화장실에 가기 위해 움직였을 뿐, 나머지 시간은 데릭 옆에서 무릎을 꿇고 꼼짝 않고 있었다. 불이 꺼지지 않도록 가끔 나뭇조각을 불에 올려놓으며 기다렸다. 그는 기다렸다.

그러다가 알게 되었다.

데릭은 단지 의식이 없는 정도가 아니라 훨씬 더 심각한 상해를 입었다는 것을 알았다. 그것을 알았다 해도 자신이 무엇을 어떻게 해야 할지 브라이언은 알지 못했다.

무전기는 망가져 버렸다. 그들은 1주일에 한 번 정도 점검한다는 내용의 스케줄을 짰고—매우 느슨한 스케줄이었다—만약 비상사태가 생기면 무전기로 호출하기로 했었다. 데릭이 바로 전날 오후에 주간 점검을 했기 때문에 호출이 없더라도 사람들은 이상하게 생각하지 않을 것이었다. 삼림 비행기 본부는 24시간 내내 자신들의 무전기를 켜 놓을 거라고 말했지만, 사람을 항상 배치하는 것도 아니었다. 그렇기 때문에 설사 무전기가 있더라도 당장 그들과 연락이 닿지 않을 수도 있었다. 물론 그들과 접촉이 안 되면 다른 비행기라도 호출해서 지금의 비상사태를 보고할 수는 있었다.

무전기만 있다면.

당연히 브라이언은 도움을 청할 수가 없었다. 그리고 데릭이 호출을 하지 않아도 사람들은 앞으로 1주일 정도는 별 걱정을 하지 않을 것이다. 자신들이 주저앉은 곳에서 꼼짝달싹 못하는 처지가 된 것이었다.

데릭은 기절해서 의식이 없었다.

'혼수상태…….'

그거였다. 그 단어가 떠올랐다. 이전에는 죽음이란 단어가 두려웠지만, 이제는 혼수상태라는 단어가 두려웠다. 그런 상태를 벗어나야만 했다. 지금보다 더 나은 방법으로 상황에 대처해야 했다. 하지만 브라이언은 의학적 용어나 심한 충격을 받은 사람에게 어떤 증세가 발생하는지 거의 알지 못했다. 혼수상태에 대해선 아는 것이 전혀 없었다.

영화로 본 적은 있었다. 몇 달 또는 몇 년 동안 혼수상태에 빠져 있다가 갑자기 깨어나서는 자신이 얼마나 오랫동안 잠들어 있었는지 어리둥절해하는 사람들에 대한 영화였다.

밤중에, 데릭 곁에서, 브라이언은 어떻게든 데릭이 깨어나게 하려고 노력했다.

'이제 그만 일어나세요. 얼른 눈을 뜨고 얼마나 오래 잤는지 물어보셔야죠. 어서요. 우리 같이 크게 웃으면서 번개가 얼마나 가까이에서 쳤는지 얘기하자고요.'

아무리 해도 허사였다.

데릭은 깨어나지 않았고 아무런 차도도 없었다. 동트기 직전의 어느 시점에, 이른 새벽의 첫 햇살에 호수의 서쪽 측면이 시야에 들어오고 있을 때, 브라이언은 마침내 그것을 받아들였다.

데릭은 혼수상태고 쉬이 깨어나지 않을 것이 분명했다. 적어도 곧 깨어날 가망성은 없었다.

그러니 모든 것이, 그 모든 것이 이제 브라이언에게 달려 있었다. 그는 순간적으로 분하고 억울해서 화가 치밀었다.

숲.

빌어먹을 숲.

지난번에 브라이언은 죽을 뻔했었다. 행운이 따라 주지 않았더라면 꼼짝없이 죽은 목숨이었다. 그런데 지금 또다시 이런 일을 당하다니. 옳은 일을 한번 하려고 했을 뿐인데 이렇게 덤터기를 쓰다니. 더군다나 자신은 하고 싶지도 않았던 일이었는데. 어쨌든 데릭이 너무 바보같이 굴었어. 몸을 낮춰도 모자랄 판에 바보같이 일어나서 손을 뻗치다니…… 그리고…… 그리고…….

'잘 들어.'

브라이언은 속으로 말했다.

'큰 소리로 떠들다간 징징 울고 말 거야. 데릭은 상해를 당했고, 난 맛이 간 사람처럼 엉망진창으로 굴고 있어.'

브라이언은 생각했다.

'상황은 이렇게 돌아가고 있어. 데릭은 의식이 없어. 혼수상태인 것 같아. 아니면 혼수상태 비슷한 것일 수도 있어. 아무래도 깨어날 것 같지 않아. 무전기는 작동하지 않아. 그러니까 도움을 청할 수도 없어. 그래, 그렇다면 어떻게 해야 하지? 사람들은 1주일이나 열흘이 지나야 우리를 찾으러 올 거야. 1주일이나 열흘을 데릭 아저씨와 여기서 머물면서 사람들이 오기를 기다릴 수 있을까?'

그는 계속 생각했다.

'여기서 기다리지 않는다면? 어떤 선택이 있지? 여기서 기다리는데도 데릭의 의식이 돌아오지 않는다면 얼마나 오랫동

안…… 견딜 수 있을까? 식량과 물을 구하지 못해도 살아남을 수 있을까?'

영화나 텔레비전에서는 그런 상황에 대해 말해 준 적이 없었다. 혼수상태에 빠진 사람을 어떻게 해야 하는지 말해 준 적이 없었다. 아마도, 튜브를 통해 환자에게 음식을 먹였을 것이다.

하지만 브라이언은 그렇게 할 수도 없었다.

브라이언이 데릭의 목구멍으로 음식과 물이 넘어가게 해야 했는데, 잘못하다간 그를 질식시켜 죽일지도 모르는 일이었다.

그러니 정말 그렇게 할 수도 없는 노릇이었다.

"그럼 도대체 어떻게 해요?"

브라이언은 큰 소리로 말했다. 데릭에게 한 말이면서 동시에 데릭에게 한 말이 아니기도 했다.

브라이언은 거의 밤새껏 데릭 곁에 무릎을 꿇고 있었다. 일어서려고 하는데 무릎이 휘청하면서 쓰러질 뻔했다. 그는 몸을 옆으로 굴리면서 다리의 관절을 구부렸다. 옆으로 구르는 사이에 그 냄새를 맡았다.

'아, 맞아. 그걸 까맣게 잊고 있었어. 변소. 아저씨는 당연히 변소에 가야 했어. 아저씨의 신체 기능들은 계속 활동할 테니까. 아니 활동할까? 그래, 분명히 그럴 거야.'

그 일도 있었다. 데릭을 보살피는 일. 그를 진심으로 보살펴야 하는 일도 있었다. 브라이언은 전에 그런 일은 해 본 적이 없었다. 누군가의 대소변을 처리하는 일.

물론 자신의 뒤처리는 했지만, 다른 사람을 실제로 책임진 적은 없었기 때문에 무엇을 어떻게 해야 할지 어리둥절했다.

분노가 지나간 자리에 무력감이 찾아들면서 브라이언은 심한 좌절을 느꼈다.

일단 그 일은 해결해야만 했다. 데릭을 닦아 주고 보살필 수밖에 없었다. 그 자신이 아닌 다른 사람을 돌봐야 했다.

브라이언은 생각했다.

'이렇게 생각하는 거야. 데릭이 아니라고. 데릭이 아닌 다른 사람으로 보는 거야. 그러니까 그냥 무력한 사람을 닦아 줘야 한다는 거지. 이렇게 별개로 생각하면 못 해낼 일도 아니잖아. 어쨌든 뭐 그리 어려운 일이겠어?'

브라이언은 데릭의 바지를 풀었다. 냄새가 더 고약했다.

"오, 맙소사."

브라이언은 욕지기를 억지로 참고 억제하면서 데릭을 뒤집은 다음 숨을 죽이고 풀을 사용하여 그의 뒤를 닦았다. 그런 다음 데릭의 바지를 올리고 다시 모로 눕혔다.

'부모들은 어떻게 이 일을 할까? 이 끔찍한 일을 어떻게 할 수 있는 것일까?'

브라이언은 막대기를 사용해서 대변과 풀을 변소 대용으로 판 구덩이로 가져가서 흙으로 덮었다. 그런 다음에 호수로 내려가서 손을 씻고 또 씻었다. 얼굴에 대 보고 아무런 냄새가 나지 않을 때까지 박박 씻었다. 손이 깨끗해지고 나서야 브라이언은 숨을 제대로 쉴 수 있었다. 그러고는 다시 데릭에게로 돌아왔다.

'편안하게 돌봐야 해.'

브라이언은 데릭을 더 편안하게 해 주기 위해 자신이 할 수 있는 모든 일을 했다. 그를 옮기고 소나무 가지를 다시 정리해서 침대를 더 폭신하게 만들었다.

그런 다음 데릭을 새로운 가지에 반듯하게 눕혔다. 그런데 데릭이 숨이 막히는지 이상하게 호흡을 했다. 브라이언은 깜짝 놀라 그를 다시 모로 눕혔다.

'아무것도 없어. 내가 할 수 있는 게 아무것도 없어. 정말 아무것도 없어.'

이제 날이 완전히 밝아 따뜻해지면서 햇빛이 풀의 물기를 말리고 있었다.

브라이언은 거울 같은 호수 표면을 바라보면서 생각했다.

'새들이 노래하는 따뜻한 여름 아침이야.'

아름다운 여름 아침에 새들이 노래하고 호수에서 물고기가 뛰었다. 모든 것이 완벽했다. 한 가지를 빼고는. 단 한 가지.

데릭의 혼수상태.

13

브라이언은 어딘가에서 혼수상태에 대해 들었던 기억이 났다.

'어디선가 들은 적이 있어. 틀림없어. 기억은 못하지만 뭔가 들었어. 그게 내 머릿속에, 내 생각 속에 숨어 있을 거야. 내 머릿속에 있다면 기어코 찾아내면 돼.'

브라이언은 아침나절 내내 자신이 아는 것을 기억해 내려고 했지만 아무것도 생각나지 않았다.

'깨어나지 못하는 것만 빼면 잠든 것이나 비슷해. 모든 게 계속 활동하고 있어. 그런데 먹거나 마실 수가 없어.'

그런 생각이 퍼뜩 떠오른 것은 원뿔 모양의 자작나무 껍질에 물을 가득 퍼 들고 호수에서 대피소로 이동하고 있을 때였다.

그들은 비행기가 오기까지 꼬박 1주일은 기다릴 수 있을 것이다. 아흐레나 열흘까지도 기다릴 수 있을 것이다. 적어도 브라이언은 할 수 있을 것이다. 사람들이 먹지 않고도 그만큼 오래 견뎠다는 사실을 브라이언은 알고 있었다. 데릭도 체중이 좀 줄겠지만, 그만한 정도에 굶어 죽지는 않을 것이다.

하지만 브라이언은 데릭이 그만큼의 시간을 물 없이는 견딜 수 없을 거라고 확신했다. 이틀이나 사흘 어쩌면 나흘까지는 괜찮을지 몰라도 그다음엔 문제가 발생할 것이다. 어디서 들었거나 읽었거나 봤겠지만 인간의 육체는 물 없이는 그만큼 오래 견딜 수 없었다.

벌써 하루가 지나갔고, 이틀이 지나고 있었다.

'아저씨에게 물을 먹여 보는 거야. 물을 먹이는 게 가능하면 아저씨는 견뎌 낼 수 있을 거야.'

데릭의 호흡은 한결 안정되어 있었고 심장박동은 정상에 가까웠다. 브라이언은 마침내 데릭의 맥박을 측정하고 그의 심장이 분당 65회 정도 뛰고 있다는 것을 계산할 수 있을 만큼 마음의 안정을 찾았다. 그가 기억하기에 정상인의 맥박은 분당 72회쯤 되었다. 그러니까 데릭의 맥박은 낮기는 해도 정상적으로 움직이는 것이었다.

브라이언은 자작나무 껍질로 작은 숟가락 모양을 만들었다. 그러고는 원뿔형 껍질에 퍼 온 물을 그 숟가락에 따른 다음 데릭의 머리 쪽으로 바싹 다가가서 의식이 없는 그의 입에 아주 조금 흘려 넣었다.

그 효과는 즉각적이고도 폭발적이었다.

"꼬르륵!"

데릭은 금방 숨이 막혔고, 반사작용으로 기침을 하면서 브라이언의 얼굴에 물과 침을 뿜었다. 숨 막힘이 계속되었다. 브라이언은 미친 듯이 데릭의 머리를 옆으로 젖히고 얼굴을 아래로 숙이게 해서 등을 두들겼다. 그가 할 수 있는 것은 그것뿐이었다.

숨 막힘이 영원히 계속될 것 같았다. 브라이언은 자기가 데릭을 죽였다 싶어서 덜컥 겁이 났다. 한 번의 실수, 한 가지 잘못 때문에 데릭이 숨이 막혀 죽어 가다니.

그러다가 마침내 물이 데릭의 목구멍으로 넘어갔다. 호흡은 여전히 거칠었지만 기침은 멎었다.

"아저씨는 물을 못 마시는군요."

브라이언은 둘둘 만 재킷에 데릭의 머리를 다시 눕혔다.

"일이 훨씬 복잡해지겠는데요."

브라이언은 처음에는 데릭이 자신의 말을 알아듣는다는 어떤 징후도 없는 상태에서 그에게 말을 거는 것이 무척 어색하고 이상했다. 그런데 어머니가 신문에서 읽고 들려준 이야기가 기억났다. 몇 달 동안 혼수상태에 빠져 있던 어느 소녀의 이야기였다.

'하느님, 제발, 아저씨는 그렇게 오래가게 하면 안 돼요.'

그 소녀는 회복되고 나서 자기가 혼수상태에 빠져 있는 동안에도 사람들이 말하는 소리를 들을 수 있었다고 했다. 소녀는 사람들 말을 알아듣고 이해할 수 있었지만 대답은 할 수 없었다고 했다. 브라이언은 데릭도 그와 같을 거라고 생각했다.

"데릭 아저씨?"

브라이언은 데릭의 얼굴에 바싹 대고 말을 걸었다.

"내 말 들려요?"

아무런 반응이 없었다.

"눈꺼풀을 움직일 수 있어요? 제 말이 들리면 눈을 한번 깜빡해 보세요."

반응이 없었다. 눈은 반쯤 뜬 상태로 계속 흘러나오는 눈물로 그득했다. 데릭이 눈을 깜빡일 수 없기 때문에, 그의 몸이 알아서 눈이 마르지 못하도록 기능하고 있는 게 분명했다.

브라이언은 앉아 있다가 일어서서 하늘을 쳐다봤다.

그러면서 그는 생각했다.

'할 수 없어. 나 혼자서는 할 수 없어. 나 혼자서는…….'

브라이언은 다시 데릭을 내려다보고는 머리를 흔들었다.

"어떻게 해야 할지 모르겠어요."

그 순간 그는 자신이 틀렸다는 걸 깨달았다. 지난번과는 사정이 달랐다. 지금은 혼자가 아니었다.

데릭이 있었다. 데릭에게 말을 한다면, 큰 소리로 자꾸 그에게 말을 한다면 도움이 될지도 모르는 일이었다.

"지금 우리 상황이 이래요."

브라이언은 다시 웅크리고 앉아 막대기로 흙을 긁으면서 데릭에게 말을 건넸다.

"적어도 1주일 동안은 아무도 오지 않을 거예요. 어쩌면 그보다 더 길어져서 열흘이 될지도 몰라요. 저는 아저씨가 그때까지 견딜 수 있을 거라고…… 생각지 않아요. 물 없이 그렇게 오래 지내면 좋을 게 없을 거예요. 숨이 막힐 거니까 물을 먹여 주지도 못해요. 그래요."

그는 그 말만 되풀이했다.

"그래요."

그러면서 어깨를 들먹이며 흙에 커다란 동그라미를 그렸다.

"어떻게 해야 할지 모르겠어요."

브라이언은 격분하여 막대기를 팽개쳤다. 막대기는 생각보다 훨씬 더 세게 땅을 치고는 옆으로 튀어서 데릭의 서류가방 속으로 쏙 들어갔다.

브라이언은 마치 처음인 것처럼 서류가방을 보았다. 위기에 처해서 까맣게 잊고 있던 가방을 보고 그는 가방 쪽으로 갔다.

"안에 뭐가 들어 있지?"

가방은 잠겨 있지 않았다. 브라이언은 양쪽 엄지손가락으로 손잡이 양끝의 누름쇠를 눌러서 가방을 열었다.

가방 안에는 스프링 공책이 몇 권 있었다. 전혀 특별할 게 없는, 줄이 쳐지고 스프링 철사로 묶은 그런 종류인데, 공책마다 번호가 매겨져 있었다.

브라이언은 1번 공책을 펼쳐 보았다.

"도착했다."

그는 큰 소리로 읽었다.

"브라이언은 장비를 모두 비행기에 남겨 둘 것을 요구했다. 그러지 않으면 모든 실험을 망칠 것이라고 했다."

'아, 그래, 내가 그랬지.' 하고 브라이언은 생각했다.

'하느님 맙소사, 내가 그랬어, 아니야? 내 같잖은 입장만 내세우며 딱 버티고 서서 고집불통으로 그 모든 걸 주장했어. 무슨 장비가 있었지? 식량과 텐트와 총까지 다 있었어. 그때는 이런 상황에서 그 물품이 도움이 될 거라고 생각하지 못했어.'

"나는 그의 윤리를 존경한다."

브라이언은 첫날의 기록을 다 읽고 공책을 내려놓았다.

"정말이에요? 저를 존경한다고요! 장비를 모두 버리게 한 저를 말이에요?"

브라이언은 몰래 엿본다는 느낌이 들어서 더 이상 공책을 읽지 않기로 했다. 서류가방을 막 닫으려는 순간에 아코디언처럼 뚜껑 뒤까지 겹겹이 접힌 부분이 눈에 띄었다.

그 부분에 뭔가가 있었다. 거기서 그는 접힌 종이 한 장을 잡아 뽑았다. 펴 보니 지도였다.

어머니와 함께 들여다보았던 것과 같은 지도였다. 호수가 그의 눈에 들어왔다. 그들이 어떤 곳에 있게 될지 표시를 하고 어머니와 함께 원을 그렸던 그 지점이었다. 지도를 보고 위치를 확인하기가 아주 쉬웠다.

데릭은 지도 두 장을 가지고 있었는데 그중 하나를 어머니에게 주었다.

"이러면 우리가 있는 곳을 바로 알 수 있을 겁니다."

브라이언은 다 함께 앉아 있던 일을 떠올렸다. 어머니는 그때 미소를 짓고 있었다. 그들이 어머니의 질문에 제대로 답을 해서 어머니의 의심이 모두 풀렸었다.

'그런데 지금 우리는…….'

데릭은 남은 지도를 가져와서 브라이언이 무전기 이외의 모든 것을 돌려보내라고 버티고 섰을 때도 그걸 보관했다.

브라이언은 지도가 도움이 될 거라는 생각에 다소 안도하면서 고마운 마음으로 서류가방 뒷면에 펼쳤다. 하지만 이내 머리를 흔들며 지도를 접기 시작했다. 자신들이 있는 곳을 안다고 한들 달라질 건 없었다. 알아도 별 도움이 되지 않을 것이다.

브라이언은 다시 호수를 바라봤다. 그는 호수가 넓고, 평평한 녹지대에 있으며, 주변에도 호수가 여러 개 있다는 것을 알았다.

그리고 그는 강을 보았다.

14

브라이언은 전에 집에서 지도를 검토할 때도 강을 주목했었다. 그들이 처음 호수에 착수했을 때도 마찬가지였다. 그러나 지도상에 표시된 광활한 지역, 지도에 나타난 울울창창한 숲에 비하면 너무 하잘것없는 강이었기에 무시했었다.

강은 호수의 아래쪽, 남쪽 끝을 에둘러 나와서 동남쪽 하류에 있는 여러 호수로 흘러가 사라져 버렸다. 그래서 그는 강 이름만 주목했을 뿐 더 이상 관심을 갖지 않았었다.

넥타이 강.

"참 재미있는 이름이네요."

브라이언의 어머니가 말하자 데릭이 크게 웃었다.

"유니스(Eunice, 여자 이름: 옮긴이)나 부츠삭스(Bootsock, 장화 양말: 옮긴이)란 이름의 호수도 있어요. 호수와 강이 워낙 많다보니까, 최초로 지도를 제작한 사람들이 적당히 이름을 붙였거든요. 지도를 그리던 사람이 아마 타이를 매고 있었고, 그게 좋은 이름이 될 거라고 생각했나 봐요. 아예 이름도 없이 그냥 번호만 매겨진 호수도 많아요."

브라이언은 넥타이 강이 남쪽 연안 쪽으로 뻗은 것을 보고 나서 호수에서 다른 곳으로 눈을 돌렸다.

지도는 가로세로 5,000미터 간격, 즉 5킬로미터 스퀘어로 구획되었는데, 어떤 곳에서는 강이 같은 구획 안에서도 굽이굽이 돌아서 거의 제자리로 돌아오는 곳도 있었다. 그러나 다른 곳에서는 강이 상당한 거리를 직선으로 흘렀다. 계속 강을 따라가 보니 더 작은 호수들, 영락없이 늪으로 보이는 곳들, 그리고 더 울창한 숲을 의미하는 짙푸른 지역들을 통과하고 있었다.

강은 계속 남쪽으로 흘러서 지도의 끝, 지도가 접힌 부분까지 갔다. 브라이언은 지도의 접힌 부분을 펴서 밝은 빛에 펼쳐 놓았다. 그러면서도 그는 자신이 왜 강에 주목하는지, 왜 강이 그의 관심을 끄는지 그 이유를 알지 못했다.

브라이언은 다음 페이지 중간쯤까지 훑어보다가 그것을 보았다. 강이 흐르면서 계속 불어나더니 아주 넓어져서, 지도를 횡단하는 멋지고 푸른 지름길이 되어 큰 굴곡을 이루고는, 거의 곧장

동쪽으로 거슬러 올라가는 곳에 작은 원이 그려져 있고, 다음과 같이 쓰여 있었다.

브라녹 모피 구판장.

그 지점을 기점으로 그 아래 남서쪽으로 겹선이 쳐져 있었다. 지도의 일러두기를 찾아 겹선이 무엇을 뜻하는지 보니까, 바로 개량 자갈길을 의미했다.

그곳에 사람들이 있을 것이라는 뜻이었다.

그곳에는, 지도상의 브라녹 구판장에는 사람들이 있을 것이다. 그곳에 사람들이 없다면 도로나 지명도 없을 것이고, 지도상의 작은 점도 없을 것이다. 구판장에는 사람들이 있을 것이다.

브라이언은 생각했다. '하지만 이건 큰 의미가 없어. 내가 있는 곳은 브라녹 구판장이 아니잖아. 난 지금 그곳이 아니라 이곳에 있잖아.'

그런데도 브라이언은 지도에서 눈을 뗄 수가 없었다. 구판장은 그곳에, 같은 지도상에 있었다. 다름 아닌 바로 그곳에. 브라이언은 그들이 있는 호수와 구판장을 동시에 볼 수 있도록 지도를 다시 접었다. 그러고는 손가락을 분할기로 사용하여 직선거리로 강의 길이를 측정했다. 그러나 그것은 아무런 의미가 없었다.

브라이언은 지도의 가로세로 눈금이 각각 5킬로미터를 나타낸다는 것을 상기하고는 호수와 브라녹 사이의 눈금 수를 세어

보았다. 16칸쯤 되었다.

"그럼 거리가 얼마죠?"

브라이언은 데릭에게 말했다.

"5 곱하기 16이니까, 아마 80이나 85킬로미터쯤 되겠네요."

그러나 그것은 직선, 남동쪽으로 직선거리를 갈 때 얘기였다.

강이 이렇게 직선일 경우는 거의 드물었다. 강은 직선이 아니라 이리저리 원호를 그리고 있었으며, 실제로 어느 지점에서는 물길을 거슬러서 약간 북쪽으로 흐르고 있었다.

브라이언은 강의 길이를 계산하기 시작했다. 구부러지는 강의 진로를 5제곱킬로미터 단위로 측정하고, 10킬로미터마다 땅에 선으로 강의 흐름을 표시한 후, 다음 10킬로미터를 측정했다. 복잡하고 다소 시간이 걸리는 작업이었지만 마침내 끝냈다.

브라이언은 강의 길이를 계산했다.

"150킬로미터."

그가 말했다.

"1마일이 1.6킬로미터니까, 100마일이 조금 안 돼요."

브라이언은 데릭을 쳐다보았다. 그러나 데릭은 움직이지 않았고 아무런 기색도 없었다.

"여기서 100마일도 안 되는 곳에 사람들이 있어요."

'하지만 그게 무슨 소용이지?'

"이렇게 할게요. 아저씨를 여기에 놔두고 제가 강을 따라가서 구조대를 데리고 오는 거예요."

그는 생각했다. '정신 나간 소리야. 동물들이 있잖아. 동물들이 올 거고, 놈들이 아저씨가 죽었다고 생각하면……. 아저씨는 무방비 상태야. 놈들이 아저씨를 공격할지도 몰라. 심지어 아저씨를 먹을 수도 있어. 작은 놈들, 개미떼나 벌레들까지도 안심할 수 없어.'

"아저씨를 놔두고 갈 수 없겠어요."

브라이언은 다시 지도를 보았다. 거기에, 바로 거기에 답이 있었다. 브라녹 구판장이 답이고, 강이 답이었다. 그러나 어떻게 해야 할지 방법을 알지 못했다.

'아저씨를 놔두고 갈 수는 없어. 아저씨를 놔두고 갈 수는 없어. 그럼…… 아저씨를 데리고 가면?'

브라이언은 큰 소리로 말했다.

"우리 같이 가면 어떨까요?"

언뜻 듣기에는 미친 소리 같았다. 혼수상태인 사람과 거의 100마일이나 강을 타고 원시림을 빠져나간다는 말이 아닌가.

'말이야 쉽지. 하지만 말하는 것과 행하는 건 차이가 커.'

브라이언은 생각했다.

'어떻게 하면 될까? 강이 있으니까…… 만약 보트나 뗏목이 있다면…… 뗏목을 만들어 뗏목에 아저씨를 태운다면…… 뗏목을 타고 아저씨를 데리고 나가 구판장에 가서 도움을 청할 수 있

겠지…….'

브라이언은 그렇게 생각하면서도 그게 미친 짓이라는 걸 알고 있었다. 무거운 시신이나 다름없는 성인을 뗏목에 싣고 원시림을 흐르는 강으로 100마일을 달린다는 건 불가능했다.

지도에서 얼굴을 든 다음에 데릭의 실상을 보지 않았더라면, 브라이언은 그런 말도 안 되는 생각을 버렸을 것이다. 그가 고개를 쳐들고 본 데릭은 눈을 반쯤 뜨고 있지만 보지 못했다. 눈만 뜨고 있을 뿐 실제로는 살아 있는 게 아니었다. 데릭의 생명은 그야말로 시시각각 지나가고 있었다. 브라이언은 선택의 여지가 없다는 것을 알았다.

만약 그가 머물면 데릭은 이틀이나 사흘 안에 탈수로 죽을 것이다. 조종사는 적어도 1주일이나 열흘이 지나야 무슨 일이 발생했는지 살피러 올 것이다.

브라이언이 머무른다면 데릭은 죽게 될 것이다.

브라이언이 강을 타고 데릭을 하류로 운송한다면, 적어도 어떤 가능성은 있을 것이다.

브라이언한텐 선택의 여지가 없었다.

15

이제부턴 시간 싸움이었다. 일단 결정이 내려지자 시간이 관건이었다. 그러나 브라이언은 시간을 내서 지도를 다시 한 번 세밀히 살피고 머리를 굴려서 계산을 해 봤다. 지나치게 터무니없는 일은 아니었다.

강줄기를 따라 100마일 거리였다.

호수에 착수했을 때, 그들은 호수에서 강이 시작되는 지점 근처에 내렸고, 브라이언은 흘러가는 강물의 물살을 살폈었다. 강은 대략 사람이 걷는 것만큼의 속도로 흐르는 것 같았다. 시간당 3마일 정도로. 물론 강물이 계속 그런 속도로 흐를 거라는 뜻은 아니지만 그래도 거의 비슷할 것이다.

브라이언이 물살에 합류해서 물살과 함께 움직이고 물살과 함께 멈춘다면, 100마일을 달리는 데 35~40시간이 걸릴 것이다.

브라이언은 지도상으로 강을 더 면밀히 살펴보고 강이 흐르면서 점점 넓어지고 어떤 곳에서는 구릉지를 통과한다는 것을 알았다. 지도상에서 이런 곳에는 등고선이 빽빽하게 몰려 있었는데, 이것은 구릉이 아주 가파르다는 것을 의미했다. 이곳은 물살도 약간 더 빠를 것이다.

브라이언은 하루하고 반나절이 걸릴 거라고 생각했다. 그는 데릭에게 큰 소리로 자신의 생각을 말해 주었다.

"하루 반나절이에요. 꼬박 하루하고 반나절이 걸리지만, 우리가 계속 이동하면, 강을 떠나지 않고 멈추지 않으면, 하루 반나절이면 구판장까지 갈 거예요. 늦어도 이틀이에요."

브라이언은 이레나 여드레 걸리는 것보다는 그게 훨씬 낫다고 생각했지만 입 밖에는 내지 않았다.

죽는 것보다는 백배 나았다.

강물이 호수로 흘러들었다가 반대쪽 끝으로 빠져나가는 곳이 두 곳 있었고, 작은 연못은 여러 군데 있었고, 강이 작은 수역의 중앙을 통과하는 곳도 있었는데 늪지대라는 생각이 들었다. 이런 곳에서는 속도도 느려질 것이다.

브라이언은 속도가 얼마나 늦춰질지 판단이 서지 않았다. 하지만 어떤 수역도 그리 커 보이지 않으니까 가장자리를 지키면서 장대를 사용하면 시간을 너무 많이 뺏기지 않고도 계속 순항할 수 있을 것이다.

시간이 열쇠였다.

브라이언은 지금 앉아서 지도만 들여다보고 있었는데, 그럴 시간이 없었다.

'뗏목을 만들어야 해.'

브라이언은 다시 한 번 데릭을 살펴보았다. 호흡이 규칙적이고 심장이 꾸준히 뛰고 있다는 걸 확인한 다음 서둘러 호숫가로 내려가서 목재를 찾았다.

* * *

문제는 목재가 아니라 부족한 연장이었다. 지난번에 호수에 불시착한 비행기에 가 보려고 뗏목을 만들었을 때는 손도끼가 있었다. 지금 그 손도끼가 굉장히 아쉬웠다. 그가 구조되어 집으로 돌아간 뒤 브라이언의 어머니는 그 손도끼를 거실 유리 케이스에 보관했다. 할머니가 물려준 도자기를 보관하는 케이스였다. 집을 떠나면서 브라이언이 손도끼를 바라봤지만, 그들은 손도끼를 가져가는 건 비현실적이라고 판단했었다.

"사람들은 대부분 칼 종류를 지니고 다니지."

데릭이 말했었다.

"손도끼를 벨트에 차고 다니는 사람이 몇이나 되겠어?"

그래서 지금 브라이언이 가진 거라곤 칼 하나가 전부였다. 사실 데릭의 칼이 있으니 실제로는 두 개였지만 그는 그 사실은 거의 잊고 있었다.

하지만 칼이 두 개라 해도 통나무를 자르는 데는 별 도움이 되지 못할 것이다.

그곳에는 도처에 목재가 있었다. 수년에 걸친 폭풍이 소나무와 가문비나무들을 쓰러뜨려 놓았는데, 그중 상당수가 지름이 15~20센티미터의 곧은 나무로 뗏목을 만들기에 적당했다. 그러나 대부분 나무 길이가 너무 길거나 뿌리 조직과 이어져 있어서 사용하기가 불가능했다.

브라이언은 호숫가를 따라서 북쪽으로 호수를 한 바퀴 돌았다. 마침내 그는 비버들이 작업해 놓은 포플러가 밀집해 있는 곳을 발견했다.

브라이언은 비버들이 물속에 살고, 나무를 이빨로 갉아서 쓰러뜨리며, 물에서 헤엄칠 때 보면 귀엽다는 것은 알았지만 그것 말고는 달리 아는 게 없었다. 사진으로 본 것을 제외하면 마른 땅에서 비버를 본 적도 없었다. 하지만 비버들이 나무를 쓰러뜨려 놓은 것을 본 적은 있었다. 지금 여기에 즐비한 포플러들이 바로 그런 거였다. 사방 100미터 안에 멀쩡한 나무가 한 그루도 없었다.

비버의 이빨 자국이 선명하게 남아 있는 그루터기가 도처에 즐비했다. 꺾인 나무들이 어찌나 빽빽하게 엇갈려 쓰러져 있는지 마치 거인들이 나무 블록 빼기 놀이를 하다가 게임이 끝나기 전에 그대로 놔두고 떠난 것 같았다.

비버들이 꽤 오랫동안, 적어도 수년간 그 숲에서 작업을 한 걸로 보였다. 녀석들이 쓰러뜨린 나무들 중에는 굵기가 알맞은 것들이 많았다. 녀석들은 큰 가지까지 잘라서 호수에 이르는 길로 끌어 내렸는데, 운반을 용이하게 하려고 2.5~3미터나 3~3.5미터 길이로 토막을 낸 것도 있었다.

쓰러진 나무들을 보면서 브라이언은 생각했다.

'내가 녀석들을 고용한 셈이야. 나를 위해서 나무를 자르라고.'

한두 해 전에 잘린 오래된 나무들은 잘 말라 있었다. 브라이언은 그 나무들을 굴려서 아래 호수로 미끄러뜨렸다. 나무들은 물에 아주 잘 떴다. 그는 나무 네 개를 나란히 놓고 양팔을 뻗어 벌어지지 않게 하나로 모은 다음 위로 기어올라 가 보았다. 나무들이 쉽게 그를 지탱했다. 몸이 물에 젖기는 했지만, 그를 거뜬히 떠받쳤다.

물론 데릭은 훨씬 더 무거웠다. 두 사람을 합치면 더더욱 무거워지겠지만, 8~10개의 나무면 둘의 무게를 지탱할 수 있을 것 같았다. 게다가 적당한 크기와 길이의 나무는 얼마든지 있었다.

그가 원하는 나무들을 고르기만 하면 되었다.

브라이언은 꼬박 한 시간 반을 열심히 일했다. 그리곤 달려가서 데릭의 상태를 점검했다. 데릭은 여전히 변함이 없었다. 브라이언은 종종걸음으로 비버들의 목재 마당으로 돌아갔다.

브라이언은 통나무 여덟 개를 골랐다. 모든 통나무의 굵기가 20센티미터에 가깝고 길이는 대략 2.5미터였다. 그는 촉감으로 가장 잘 마른 나무들을 골라냈다. 땔나무를 고르면서 터득한 감각이었다. 통나무는 마르면 마를수록 더 가벼웠다.

목재는 부드러웠는데 그의 칼끝까지 그 부드러움이 전해졌다. 그건 목재가 그만큼 물을 흠뻑 빨아들이게 될 거라는 뜻이기도 했다. 하지만 그게 문제가 되지는 않을 것이다. 20센티미터 통나무에 물이 흠뻑 배려면 몇 주일이, 빠르면 몇 날이 걸리겠지만, 통나무를 그렇게 오래 쓸 필요가 없을 테니까.

첫 번째 통나무를 호수로 끌어 내리면서 브라이언은 생각했다.

'죽기 아니면 살기야.'

비버들이 나뭇가지를 호수로 끌어 내린 곳에는 미끄럼 길이 뚜렷하게 남아 있었다. 브라이언은 그런 길들 중에서 가장 큰 길을 이용하여 통나무를 끌어 내렸다. 물가로 이어진 마지막 1미터 길은 꽤 가파른데다 최근에 내린 비로 진흙이 반질반질해서 통나무가 호수까지 저절로 미끄러졌다. 브라이언은 그 통나무에 밀려 물속에 빠지고 말았다.

브라이언은 계획을 세웠다. 어떻게 해 볼 것인가에 대한 나름의 계획이었다. 단순히 힘을 쓰는 것만으로는 데릭을 멀리까지 옮길 수 없을 것이다. 브라이언은 몸무게가 70킬로그램 정도 나가는데, 데릭은 족히 90킬로그램은 나갈 것이다. 그러니까 짧은 거리라고 해도 메고 가는 것은 불가능했다. 끌고 가는 수밖에 없었다.

따라서 뗏목을 대피소 바로 아래까지, 즉 데릭이 있는 데까지 가져가야 했다. 뗏목을 데릭이 있는 곳으로 끌어가야 한다는 것은, 뗏목을 조립한 다음 데릭이 있는 호숫가로 끌고 가야 한다는 뜻이었다.

통나무를 모두 호수까지 굴리는 데는 한 시간도 걸리지 않았다. 브라이언은 나무들을 나란히 놓고 그 끝을 일렬로 정렬하고는 뗏목 모양이 된 것을 보고 기뻐했다. 끝이 완전히 고르지는 않았지만 얼추 비슷했다. 또 비버들이 이빨로 갉아 댄 모양 그대로 끝이 들쭉날쭉했다. 그래서인지 뗏목 모양이 유선형으로 보였다.

'마치 『허클베리 핀』에 등장하는 뗏목 같아.'

하지만 아직 통나무들이 묶이지 않았다. 브라이언은 무릎까지 오는 물속에 서서 이 문제를 해결할 방법을 궁리했다.

밧줄도 없고 끈도 없었다. 그렇지만 통나무들을 평평한 플랫

폼 형태로 잡아매서 데릭과 그가 타고 갈 수 있을 만큼 충분히 튼튼한 뗏목을 만들 방법을 찾아야 했다.

옷이 있었다. 비행기가 추락한 후 살아남으려고 안간힘을 썼을 때 갖고 있었던 것과 똑같은 유형의 스포츠용 점퍼였다. 또 데릭의 재킷도 있었다. 하지만 재킷은 데릭을 덮어 줄 이불로 간직하기로 했다.

그런데 자신의 점퍼는 물론이고 재킷까지 길고 가는 끈으로 자른다 해도 그걸로 통나무를 엮기에 충분한 새끼줄을 꼴 수는 없을 것 같았다. 브라이언은 혹시 주변에 밧줄로 꼴 수 있는 덩굴이나 풀이 없는지 이리저리 눈을 씻고 찾아보았다.

이번에도 비버들이 도와주었다. 녀석들은 나무의 큰 가지와 잔가지들까지 베어 놓았는데, 그중에는 길이가 1.5~2미터에 지름이 5~7센티미터 정도 되는 것도 있었다.

그런 작은 가지들이 해답을 주었다. 브라이언은 그런 가지로 가로대를 만들어 하나는 위에 하나는 아래에 놓고, 뗏목용 통나무들 사이사이로 엮어서 적절히 고정했다. 그런 다음 자신의 점퍼를 길게 잘라 만든 끈으로 두 개의 가로대 끝을 한데 묶고 그것들을 적절히 당겨서 통나무들을 단단히 고정시켰다. 칼을 사용해 가로대에 V자 모양의 눈을 새기고 끈으로 꼭꼭 동여매서 끈 매듭이 쑥 빠지지 않게 했다.

브라이언은 그런 가로대를 뗏목 세로대에 네 군데 적절히 끼워서, 그가 할 수 있는 한 단단하게 엮어 맸다. 그렇게 해서 완성하고 나니 뗏목은 브라이언이 그 위에 올라서서 왔다 갔다 하면서 펄쩍펄쩍 뛰어도 끄떡없을 만큼 튼튼했다.

대략 2.5미터 길이에 1.5미터 너비의 뗏목은 물 위로 잘 떠올랐다. 그걸 만드는 데 두 시간이 채 걸리지 않았다.

브라이언은 작업하는 동안에도 두 차례 데릭을 살펴보러 갔다. 뗏목이 완성되자 그는 뗏목을 밀고 갈 긴 막대기를 잘라서 투박한 노를 깎았다. 뗏목을 끌고 가기 전에 그는 일단 캠프로 돌아갔다.

배는 고프지 않았지만, 허기지지 않을까 걱정스러웠다. 브라이언은 떠나기 전에 먹어야 한다는 것을 알았다. 먹어 두지 않으면 기운이 너무 빠져서 낭패를 볼 수도 있었다. 그래서 원뿔형 자작나무 껍질에 저장해 놓은 견과와 딸기를 먹고, 대피소에서 찾을 수 있는 것은 남김없이 먹어 치웠다. 뗏목을 타는 동안 먹지 않아도 되게. 먹으면서 데릭을 다시 한 번 면밀히 살폈다.

브라이언은 알고 있었다. 그 모든 것이 미친 짓이고 성공할 가능성은 조금밖에 없다는 것을. 그는 그것을 알고 있었고 이해하고 있었다. 위기 상황에서 살아남을 가능성에 대해 그가 이해하고 있는 것이 하나 있었는데, 그것은 행운이 크게 작용한다는 것이었다.

그러니 만약 데릭에게 아주 경미하고 사소한 변화가 생기면,

즉 그가 혼수상태에서 벗어나고 있다는 표시가 조금이라도 보이면 뗏목 주행을 취소하고 최선을 바라는 게 옳았다.

그래서 브라이언은 데릭을 살폈고, 그가 할 수 있는 한 열심히 그 일에 매달렸다. 브라이언은 의식이 없는 데릭의 눈을 들여다봤다. 달라진 점은 아무것도 없었다. 그저 생기 없는 눈뿐이었다. 데릭의 호흡과 심장 박동도 주의 깊게 측정했다. 별다른 점 없이 처음과 똑같았다.

브라이언은 데릭의 귀에 대고 고함을 치면서 그의 눈에 어떤 반작용이 있는지 살폈다. 하지만 데릭이 들을 수 있거나 청각 반응을 보일 수 있다는 표시는 조금도 없었다.

마지막으로 브라이언은 통증을 시험했다. 그는 칼끝으로 데릭의 손을 콕콕 찌르면서 그의 눈을 다시 관찰했다. 아무런 반응도 없었다. 작은 핏방울이 떨어질 정도로 아주 세게 찔러도 마찬가지였다.

호흡과 심장 박동 이외엔 살아 있다는 표시가 조금도 없었다.

브라이언은 몇 분을 기다렸다가 그 모든 시험을 다시 했다. 하나하나 주의 깊게 실시했지만, 결과는 변함이 없었다. 달리 선택할 여지가 없는 게 분명했다. 더는 선택의 여지가 없다는 게 확실했다.

브라이언은 그렇게 결론을 내렸다.

그는 일어서서 호수 저편을 바라보았다. 이상하게도 자신이 부쩍 나이를 먹은 것처럼 느껴졌다. 자신이 내린 결정이지만, 그 결정 때문에 다른 사람이 죽을 수도 있는 문제였다. 브라이언은 생전 처음 그런 상황에 처했고, 그렇기 때문에 더없이 두려웠다. 그 자신이 위험에 처했을 때도, 살아남기 위해서 사투를 벌였을 때도, 그의 결정은 자신에게만 영향을 미쳤을 뿐이었다. 그 자신이 아닌 다른 사람에게 파급된 적은 없었다.

브라이언은 자신이 뗏목을 끌어다 놓은 대피소 옆의 호숫가로 시선을 던졌다. 데릭이 그곳에 누워 있었다.

"우리 가요."

브라이언은 속삭이는 소리로 말했다.

옳든 그르든, 그들은 그렇게 해야 했다. 아니 브라이언은 그렇게 해야 했다.

그는 생각했다.

'하느님, 제발.'

생각을 마치지 못했다. 그뿐이었다. 제발, 하느님.

브라이언은 얼굴을 돌려 데릭을 마주 보고 헛기침 끝에 큰 소리로 똑똑하게 다시 말했다.

"우리 가요, 아저씨."

16

출발하기가 거의 불가능했다.

브라이언은 서류가방을 뗏목으로 가지고 내려갔다. 무기도 챙겨 가기로 했다. 그가 만든 활은 그대로 두고 창 두 개는 다 챙겼다. 그중 하나는 양 갈래로 갈라진 작은 나뭇가지로 만든 작살로, 작은 물고기를 잡으려면 활뿐만이 아니라 작살로 찌를 줄도 알아야 한다는 걸 데릭에게 보여 주기 위해 만든 것이었다. 다른 하나는 끝을 불에 달구어 뾰족하게 만든 일자 창으로 필요하면 무스(moose, 현존하는 최대의 사슴으로, 몸집이 말보다 크다. 수컷은 편평한 손바닥 모양의 뿔이 있는데, 뿔의 좌우 끝에서 끝까지의 너비가 1.3~1.5미터나 된다. 무스에 대한 이야기는 『손도끼의 겨울 이야기』에서 진진하게 실감할 수 있다: 편집자)에 대항하기 위한 것이었다.

"무스가 정말로 너를 공격했어?"

브라이언이 L자 형 호수 근처에서 보낸 시절에 겪었던 무스의 공격에 대해 말했을 때 데릭이 물어봤었다.

"그 엄청난 놈이 정말로 너한테 다가왔어?"

"아예 같이 지내는 줄 알았다니까요."

브라이언이 말했다.

"그때 저는 아무것도 할 수가 없었어요. 녀석이 저한테로 오고 또 오더니 급기야 절 공격해서 물속으로 밀어뜨리지 뭐예요. 별 수 없이 죽은 척했죠 뭐. 이번에 만나면 한번 맞서 싸워 볼 작정이에요"

그래서 그 창을 만들었지만 결코 그걸 쓸 일이 없기를 바랐다.

창과 서류가방을 뗏목에 실어 놓고 나서 브라이언은 캠프로 돌아갔다.

데릭. 뗏목을 만든 진짜 이유. 이제 데릭을 뗏목까지 데리고 내려가서 태워야 한다. 다치게 않게, 더 악화되지 않게, 물에 빠지지 않게.

브라이언은 데릭을 똑바로 눕힌 다음에 그의 어깨 밑을 움켜쥐고 둑까지 끌어 내리려고 했다.

하지만 데릭은 꿈쩍도 하지 않았다.

브라이언이 잡아끄는데도 데릭은 요지부동으로 누워 있었다.

데릭의 구두가 화톳불 옆의 나무뿌리나 잡목에 걸렸는지 살폈지만 그런 것도 아니었다.

사람 하나—브라이언은 시체라고 생각할 뻔했다—를 옮기는 일이 그렇게 힘든 일인 줄 몰랐다. 그냥 누워 있는 사람인데. 아래 강둑까지 미끄러뜨리는 방법밖에 없었다.

결국 브라이언은 데릭을 미끄러뜨리기로 했다. 한 번에 약 10센티미터씩. 그는 데릭을 들어 올리고 밀고 당기고 해서 드디어 둑에 올려놓았다. 데릭은 모로 누운 채 물을 향하고 있었다.

둑은 절벽에서 튀어나온 작은 바위로 물까지의 낙하 거리가 15센티미터쯤 되었다. 그곳은 호숫가 바로 곁이라 수심이 너무 낮아서 뗏목을 띄우기에 충분치 않았다. 브라이언은 뗏목을 옆으로 밀어서 댈 수밖에 없었다. 뗏목은 데릭의 옆, 그의 바로 아래에 비스듬히 누운 채로 진흙 바닥에 정박된 상태였다.

브라이언은 뗏목 옆으로 가서 물속에 무릎을 꿇었다. 그는 뗏목을 만들기 시작한 이후로 줄곧 흠뻑 젖어 있었고, 그들이 성공할 때까지…… 그때까지 계속 젖어 있을 거라고 생각했다. 그는 다른 경우는 생각하고 싶지 않았다.

브라이언은 자신의 엉덩이를 써서 뗏목을 둑으로 밀어붙이고, 팔을 뻗어서 데릭을 뗏목 위로 끌어내렸다.

또다시 납덩이를 움직이는 것 같았다. 데릭이 땅에 딱 붙어 있는 듯했다. 그래서 할 수 없이 한쪽 끝과 다른 쪽 끝을, 데릭의 팔과 발목을 번갈아 땅에서 떼 내 가면서 당기는 수밖에 없었다. 이윽고 뗏목에 데릭이 실리자 체중 때문에 뗏목이 진흙 바닥에 푹 들어가 박혔다.

브라이언은 처음에는 데릭을 반듯이 눕혔다. 그런데 숨이 막힐지도 모른다는 생각이 들어 그를 굴려서 뗏목 중앙에 모로 눕혔다. 뗏목을 잡아맨 중간의 가로대가 데릭의 엉덩이 바로 위의 부드러운 부분에 걸려서 그를 적절히 고정시키는 데 도움이 되었다. 하지만 그것으로 충분치 않다는 생각이 들었다. 그래서 자기 점퍼에서 길고 가는 조각을 더 잘라 내서 데릭을 고정시킬 끈을 만들었다. 그 끈으로 뗏목의 한쪽에서부터 데릭의 양 어깨를 거쳐서 다른 쪽까지 단단히 동여맸다.

마침내 데릭이 안전하게 자리를 잡자, 브라이언은 데릭의 재킷을 둘둘 말아서 머리 밑을 받쳐 주었다.

브라이언은 데릭의 호흡과 심장 박동을 다시 점검하다가 이제는 자신이 거의 자동적으로 그렇게 한다는 것을 깨닫고 놀랐다. 그래 봤자 여러 시간, 겨우 하루 반이 지났을 뿐인데, 어느새 자동적으로 반응하고 있었다.

"데릭 아저씨, 제 말이 들리는지 모르겠어요."

브라이언은 진흙 바닥에 놓인 뗏목 옆의 물속으로 들어가서 데릭의 얼굴에 대고 말했다.

"어쨌든 말해야겠어요. 우리는 이 뗏목을 타고 호수에서 시작되는 강을 따라 내려갈 거예요. 구판장까지 100마일도 안 돼요. 왜 그러냐 하면, 여기에 머물 수 없어서 그래요. 그러니까…… 그게, 그러면 안 되니까 그래요. 무전기가 망가졌어요. 아저씨를 때린 그 벼락에 맞아서요. 그래서 구조를 요청할 수도 없어요. 그래서 이렇게 할 수밖에 없어요. 이렇게 할 수밖에…….”

브라이언은 목이 메어 와서 머리를 흔들었다. 울음이 터질 것 같은 현실이 실감되었다.

“아, 맙소사, 이젠 정말 성공하기를 바라는 수밖에 없어요.”

브라이언이 뗏목을 진흙에서 끌어내 물에 띄우려는데 문득 떠오르는 생각이 있었다.

‘만약 예기치 않게 그들이 오면 어쩌지? 나하고 데릭이 사라진 걸 알게 되면, 어떻게 해야 할지 모를 텐데. 쪽지라도 남겨 놔야 해.’

브라이언은 서류가방을 열고 연필과 공책을 꺼냈다. 그는 크고 굵고 진한 글씨로 이렇게 썼다.

큰 폭풍우.
데릭 벼락 맞아 혼수상태.
뗏목을 타고 강 아래로 가려고 함.
100마일 남쪽 브라녹 구판장까지.
빨리 오세요.

브라이언은 쪽지를 검토한 뒤에 날짜와 시간을 적어 넣었다. 무전기가 방해가 될지도 모른다는 생각에 대피소에 놔두고 왔었다. 그는 다시 대피소로 뛰어 올라가 무전기를 찾아서 접은 쪽지가 삐져나오도록 플라스틱 케이스에 끼워 두었다. 그런 다음 무전기를 휴대용 끈으로 묶어서 돌출된 부분에 매달아 놓았다. 누구라도 대피소에 들어오는 사람 눈에 확실하게 띌 수 있게.

뗏목으로 돌아오니 데릭의 무게 때문에 뗏목이 진흙 바닥에 푹 박혀 있었다. 뗏목을 빼내기가 어려울 정도였다.

브라이언은 톱질을 하듯이 앞뒤로 움직여 한쪽 끝을 빼낸 다음 다른 쪽 끝을 빼내는 식으로 해서 뗏목을 끌어냈다. 그렇지만 수심은 여전히 30센티미터가 약간 넘는 정도밖에 되지 않았다.

"뗏목을 시험해 보기엔 좋은 곳이야."

데릭만 탄 상태에서는 아주 안정돼 보였다. 브라이언은 데릭의 발이 있는 쪽으로 조심스럽게 무릎을 움직여 뗏목에 올랐다.

뗏목 끝이 몇 센티미터 가라앉긴 했지만, 그대로 물 위에 잘 떠 있었다. 브라이언은 무릎걸음을 치면서 뗏목을 앞뒤로 흔들었다. 여차하면 뛰어내려서 처음부터 다시 시작할 각오였다. 뗏목은 깐닥깐닥하면서 수평을 잡아 나갔다. 흔들리는 것도 잠깐이고 이내 자리를 잡더니 평평한 바닥이 물을 찰싹찰싹 치고 있었다.

"항해를 해도 되겠어."

브라이언은 기어서 뗏목을 내려와 다시 데릭을 점검했다. 데릭은 똑같은 자세로 편히 있었다. 통나무 사이사이로 물이 약간 올라와 그의 어깨를 적셨지만, 재킷 베개 위에 있는 머리는 물에 젖지 않았다.

브라이언은 태양을 바라봤다.

오후 중반이었다. 어둠은 아직 대여섯 시간 멀리 있었다. 그게 중요한 건 아니었다. 일단 출발하면 계속 움직여야 할 테니까. 가능하면 밤을 새워서.

'시간이 열쇠야.'

강은 호수의 남쪽 끝, 그러니까 여기서 1킬로미터 넘게 떨어진 곳에서 시작된다. 뗏목으로 호수를 가로질러 가지 않고 뗏목을 끌고 수심이 낮은 가장자리로 돌아가기로 했다. 브라이언은 호숫가를 따라 움직이기 시작했다.

뗏목은 쉽게 끌려왔다. 브라이언은 번개가 그를 때린 이후 처음으로 아주 조금 자신감을 느꼈다.

뗏목은 잘 움직이는 것 같았다. 날씨도 문제가 없었다. 그들에겐 지도도 있었다.

무엇보다도 데릭이 아직 살아 있었다.

주사위는 던져졌다.

17

행운은 계속되었다.

호수가 끝나고 강이 시작되는 곳에 이르자 바닥은 부드럽고 물길은 더 깊었다. 브라이언이 뗏목을 손으로 끌고 호숫가를 따라 거기까지 내려가는 데 30분이 걸렸다. 강이 출발하는 곳에서 그는 왼쪽 호숫가에 뗏목을 대고 잠시 쉬었다.

최후의 생각.

'아직은 돌아갈 수 있어. 뗏목을 되돌려 호수를 도는 건 쉬워. 데릭 아저씨를 다시 대피소로 끌어 올리는 것도 쉽진 않지만 가능할 거야. 일단 강에 진입해서 물살을 타면 돌이킬 수 없어.'

하지만 망설임은 한순간뿐이었다. 어찌 되건 선택은 이미 끝났기에 브라이언은 머리를 흔들었다.

선택은 끝났다.

브라이언은 뗏목의 뒷부분으로 기어올라 가서 전과 마찬가지로 데릭의 발치에 무릎을 꿇었다. 그리고 장대를 사용해 뗏목을 호숫가에서 밀어내고 강물로 진입했다.

호수를 떠나는 강은 폭이 20미터 정도 되었고 양 옆의 물살이 약간 더 느려 보였다. 느린 물살이 뗏목의 앞부분을 잡아당기는 바람에 뗏목은 하류로 향하면서도 가장자리를 벗어나지 못했다. 계속 강둑에 부딪혀 튀어나오면서 강 위로 뻗친 버드나무와 떨기나무 밑으로 자꾸 미끄러져 들어갔다.

강바닥의 깊이가 1.5미터 정도로 얕아서 브라이언은 장대를 사용해 뗏목을 옆으로 밀어 내서 강 중앙으로 나아갔다.

뗏목은 확신이 서지 않는다는 듯이 머뭇거렸다. 확실한 물살을 찾아 잠시 주춤거리는 것도 같았다. 그러다가 물살이 통나무들의 손을 잡아 주자 뗏목이 움직이기 시작했다.

10미터 정도 흐른 뒤 뗏목은 물살과 거의 하나가 되었다. 뗏목은 조용히 강물을 타고 내려갔고, 브라이언은 휙휙 지나가는 강둑들을 구경했다.

"지금 가고 있어요."

브라이언이 데릭에게 말했다.

"제대로 가고 있어요."

강은 100미터 정도를 계속해서 직선으로 흘렀다. 그러다가 강이 작은 언덕을 빙 돌아 왼쪽으로 급히 휘어졌다. 거기서 브라이언은 통나무 뗏목이 보트와 다르다는 것을 실감했다.

짐작했던 대로 물살은 사람이 걷는 속도로 그리 빠르지는 않지만 한결같고 힘찼다. 통나무는 무겁기 때문에 일단 움직이고 있으면 방향을 바꾸기가 여간 어려운 게 아니었다.

브라이언은 강굽이 끝에서 강둑이 자신에게 덤벼드는 것을 빤히 보고 있을 수밖에 없었다.

'여기서 방향을 돌리는 건 사실상 불가능해.'

강은 왼쪽으로 굽이쳐 도는데 뗏목은 직진했다. 뗏목은 굽이를 가로질러 곧장 강둑으로 진입했다.

뗏목은 느리게 움직였지만 갑작스러운 정지에 충격을 받아 심하게 흔들렸다. 데릭은 끈으로 동여맨 상태였는데도 굴러떨어질 뻔했다.

브라이언이 앞으로 재빨리 몸을 던져서 데릭을 부여잡았다. 그러는 사이에 뗏목은 요동을 치며 옆으로 미끄러지더니 강둑에 부딪히면서 그대로 강기슭의 진흙과 덤불숲에 처박혀 버렸다.

100미터에 멈추고 말았다.

브라이언은 뗏목에서 주르르 미끄러져 내려왔다. 물이 허리까지 찼다. 그는 뗏목을 옆으로 밀어 내서 다시 물살로 진입시켰다. 그러고 나서 뗏목에 기어올라 잠깐 앉았다 싶었는데 어느새 강이 다시 오른쪽으로 굽이돌았다. 뗏목은 왼쪽 강둑으로 가 박혔다.

이번엔 50미터였다. 150미터 정도 가는데 두 번이나 발목을 잡힌 꼴이었다.

브라이언은 각오를 다졌다.

"방법을 강구해야겠어. 이대로 가다간 한 달은 걸릴 거야."

뗏목을 다시 가운데로 밀어 넣자 뗏목이 움직이기 시작했다.

이번에는, 그러니까 얕은 강굽이가 나타나고 뗏목이 그대로 직진하려고 할 때, 브라이언은 뗏목이 강기슭에 가까이 접근하는 시점을 기다렸다가 장대로 강바닥을 찍어서 강둑을 피했다.

뗏목의 방향을 틀 때 크게 빗나갔지만, 강둑으로 들어가 박히지는 않았다. 다섯 번째 굽이를 만났을 때 브라이언은 대충 만든 노를 가지고도 뗏목을 조종할 수 있게 되었다.

뗏목이 굽이 주변에 다다르면, 브라이언은 굽이 안쪽의 물가로 바짝 접근한 다음 노를 사용해서 뗏목의 뒷부분을 돌리며 강 한가운데로 저어 내려갔다. 그리고 뗏목이 강 중심에 있게 하려고 있는 힘을 다했다.

아직 최적의 물살인 강의 중심을 항상 지키지는 못했다. 하지만 오후 시간이 지나면서는 굽이를 만날 때마다 미친 듯이 노를 저어 통과해서 뗏목의 속도를 물살의 속도에 맞출 수 있었고 강기슭에 있는 덤불이나 뜻밖의 장애물에도 전혀 부딪히지 않았다.

그렇게 잘 해냈지만, 강은 연속적으로 굽이돌았고, 작은 늪지대를 통과해야 했으며, 강 위까지 뻗친 나무들이 어찌나 울창한지 마치 정글처럼 보이는 곳을 지나갔다. 그래서 브라이언은 한시도 쉬지 않고 뗏목과 씨름해야 했다.

브라이언은 세 시간도 못 돼 등과 팔에 통증을 느꼈다. 가끔이라도 잠깐씩 멈추고 쉬지 않으면 결코 성공할 수 없을 거라는 걸 알았다.

그래서 한 시간에 10분씩 쉬기로 결정했다. 데릭이 언젠가 그에게 말하기를 군인들은 장거리 행군에서 한 시간마다 10분씩 휴식한다고 했었다. 넷째 시간이 될 무렵 쉬고 싶은 마음이 굴뚝 같았다. 우연히도 강이 일직선으로 흐를 때 휴식 시간이 되었다. 브라이언은 조금도 지체하지 않았다. 그가 몸을 뒤로 젖히고 팔과 등을 쉬는 동안에도 뗏목은 계속 내달렸다.

브라이언은 양손을 오므려 물을 떠서 얼굴을 적시고 목뒤를 문질렀다. 저녁 햇볕이 아직 따가웠다. 뗏목이 강둑의 나무 그늘을 벗어날 때면 햇볕이 그에게 작열했다. 찬물로 목을 적시니 기운이 좀 나는 듯했다.

"우리가 어디쯤 왔는지 볼까요."

브라이언은 서류가방을 열고 지도를 꺼냈다. 강은 정확하게 그려져 있었다. 아니 그런 것처럼 보였다. 지도를 보니 약 12~13킬로미터를 왔다는 계산이 나왔다.

생각한 만큼의 좋은 성적은 아니었다. 4시간에 12킬로미터를 왔으니 1시간에 3킬로미터를 달린 거고, 목표 지점에 닿으려면 총 50시간이 걸린다는 뜻이었다.

결정을 내리고 출발 준비를 하느라 지체된 날을 빼고 꼬박 이틀이 더 걸린다는 얘기고, 데릭의 경우 물 없이 나흘을 견뎌야 한다는 얘기였다.

브라이언은 무의식 상태인 데릭의 몰골을 살피다가 맨살이 드러난 목덜미가 태양에 그을렸다는 걸 알았다.

'그래, 아저씨가 물을 마실 수 없다면, 내가 시원하게 해 줄 수는 있을 거야. 그러면 도움이 되겠지.'

브라이언은 자신의 티셔츠를 벗어서 물에 흠뻑 적셨다. 휴식하는 동안 브라이언은 그걸 수건으로 해서 데릭의 얼굴과 목을 시원한 물로 닦아 주었다.

이번의 시련은 기가 막혔다. 어떻게 일이 그렇게 돌아갈 수 있는지 놀랄 따름이었다. 상황이 숨 가쁘게 발생하고, 숨 가쁘게 바뀌고 있었다.

'아저씨는 그때까지만 해도 아주 활동적으로 보였었는데…….'

그는 다시 생각했다.

'아니야, 아저씨는 아직도 그래. 배우는 데 열심이고, 행복하고, 명랑한 사람이야. 오뚝이 같은 사람…….'

석양빛을 받으며 뗏목 위에 모로 누워서, 호흡할 때 가슴이 오르락내리락하는 지금도, 데릭은 언제든 눈을 뜨고 일어날 사람으로 보였다.

'총을 맞고 쓰러진 거야.'

브라이언은 데릭을 그렇게 생각했다. 브라이언이 미국 남북전쟁의 역사를 읽은 적이 있는데 저자가 "총을 맞고 쓰러진" 사람들에 대해 쓴 것이었다.

지금 브라이언에겐 데릭이 그런 사람으로 보였다. 총을 맞고 쓰러진 사람.

'아니면 어떻게 그럴 수 있어?'

브라이언 자신은 실로 멀쩡했다. 같은 장소 같은 시간에 있었는데도 무사했다. 그런데 데릭은 쓰러졌다.

브라이언은 데릭의 얼굴을 몇 차례 더 닦아 주었다. 그러는 동안에도 뗏목은 계속 움직였다. 휴식이 끝날 즈음 그는 뗏목이 또 다른 굽이에 진입하고 있다는 것을 알았다.

브라이언은 다시 티셔츠를 걸치고, 젖은 채, 노를 집어 들고 젓기 시작했다. 뗏목 뒷부분의 방향을 바꾸어, 뗏목을 계속 물살의 한가운데 있게 했다.

이제 한 시간 남짓이면 어두워질 것이다. 하지만 그쯤은 문제가 되지 않았다. 노의 거친 나뭇결 때문에 손바닥이 벗겨졌지만 그것 역시 문제가 되지 않았다.

지금 중요한 것은 계속해서 나아가는 것이었다.

18

그날 밤에, 그 첫째 날 밤에 브라이언은 자신에 대해 몇 가지 사실을 알게 되었다.

모두 좋은 게 아니었다.

그는 전날 밤 데릭 옆에서 무릎을 꿇고 잠깐잠깐 존 것 말고는 잠을 자지 못했다. 그 상태에서 오늘은 뗏목을 준비하느라 온종일 통나무에 매달려 열심히 일했다. 그래선지 해가 지고 어둠이 깔리자 얼마나 잠이 쏟아지는지 믿을 수 없을 정도였다.

이지러진 조각달이 떠 있었다. 강이 보일 정도의 은빛. 최소한 중심 물길을 식별할 정도의 빛을 발하긴 했지만, 잠을 쫓는 데는 도움이 되지 못했다.

감기는 눈을 깜박거릴 때마다 눈이 점점 느리게 떠졌고, 그럴 때마다 그는 눈을 뜨기 위해 몸부림을 쳤다.

모기들이 얼마 동안 도와주었다. 어둠과 함께 모기들이 구름처럼 나왔다가 저녁 공기가 차가워지면서 좀 뜸해졌다. 브라이언은 수시로 자신의 얼굴과 데릭의 얼굴에 붙은 모기들을 털었지만 연기를 털어 내려고 하는 거나 다름없는 짓이었다. 그의 손이 지나가기가 무섭게 놈들은 어둠속에서 앵앵거리면서 다시 와 물어뜯었다. 그는 모기들이 그냥 피를 빨아 먹게 놔두고 계속 노를 저었다.

노를 젓는 사이사이에 잠이 쏟아졌다. 깜박 잠이 들어 동작을 멈추면 팔이 축 늘어졌고, 노 역시 동작을 멈추고 그의 무릎에서 잠을 잤다. 그러다가 머리를 흔들어 퍼뜩 잠을 쫓고 다시 노를 젓기 시작해서 가까스로 뗏목의 방향을 돌리곤 했다. 적어도 처음에는 그랬다. 그러나 밤이 반쯤 지나면서 더 이상 어쩔 수가 없었다. 그의 눈이 감겼고, 감긴 채 그대로 있었다.

브라이언은 여러 가지가 뒤범벅된 꿈을 꾸었다.

어머니가 나타나더니 뗏목의 맞은편 귀퉁이에 앉았다.

"괜찮아."

어머니가 말했다.

"지금은 편안히 쉬어. 괜찮아."

어머니의 목소리는 매우 부드러웠다. 그 목소리가 너무 온화

하고 위로가 되어서 브라이언은 꿈이 지속되기를, 그렇게 해서라도 그곳을 벗어나길 간절히 바랐다. 꿈에서도 거기에 있고 싶지 않았다.

* * *

얼마나 오래 잠을 잤는지 몰랐다. 브라이언이 잠을 깼을 때, 뗏목은 넓고 잔잔한 수역에서 깐닥깐닥 옆으로 움직이며 표류하고 있었다.

강이라는 느낌이 전혀 없었다.

희미한 달빛이라 강둑도 전혀 보이지 않았고, 나아갈 방향도 전혀 찾지 못했다.

"아 이런……."

브라이언은 크게 소리 질렀다. 그 소리에 어떤 동물이 깜짝 놀랐는지 그의 오른쪽에서 요란하게 물 튀기는 소리를 냈다.

'큰 동물이야. 어쩌면 무스일지도 몰라. 그놈이 강기슭에 있다는 거고, 그렇다면 가까이에 동물이 뛰어다니는 둑길이 있다는 뜻이야.'

브라이언은 생각했다.

'생각해 봐, 논리적으로. 생각해 봐. 생각을.'

강은 대체로 동남쪽으로 흘렀다. 그렇다면 강이 넓어져서 호수가 된 게 틀림없었다.

'그래, 달을 보자.'

브라이언이 잠들었을 때 달은 바로 머리 위에 있었다.

그런데 지금은 오른쪽으로 약간 기울어 있었다.

'서쪽으로 기운 거야. 달은 태양처럼 동쪽에서 뜨고 서쪽으로 지니까.'

달은 물을 튀기는 동물과 똑같은 방향으로 머리 위에서 절반쯤 서쪽으로 기울어 있었다.

'그래.'

브라이언은 자기 얼굴에 물을 뿌렸다.

그러니까 강이 넓어져서 호수가 되었지만, 그는 서쪽 둑을 따라 움직인 것이었다.

'노를 가지고 계속 뗏목을 움직이면 강이 다시 좁아지는 곳에 다다를 거고 원래의 물살을 타게 될 거야.'

브라이언은 노를 젓기 시작했다. 지금은 물살이랄 것이 없어서 뗏목은 느릿느릿 더디게 나아갔다. 그는 오른쪽으로 방향을 잡고 노를 저으면서 뗏목을 옆으로 움직였다. 마침내 어둠속에서 간신히 호숫가를 식별할 수 있었다. 달빛에 호숫가의 윤곽이 드러났다. 그는 몸을 쭉 펴고 다시 노를 젓기 시작했다. 노를 저을 때마다 손을 앞으로 뻗고, 오른쪽에서 두 번, 왼쪽에서 두 번, 허리를 굽히고 꾸준히 저었다.

통나무들이 물속에 잠겨 있고 유선형도 아니기 때문에 뗏목은 물의 흐름을 충실하게 따랐지만, 한편 같은 이유로 노를 저어 나아가는 게 끔찍하게 고통스러웠다.

"잡목 더미에 대고 노를 젓는 것 같아요."

브라이언은 데릭에게 말했다.

"암만해도 움직이지 않는 것 같아요."

실제로 뗏목의 속도는 몹시 느렸다. 한 시간에 1.5킬로미터도 움직이지 못하고 있었다. 브라이언은 어둠속에서도 지도를 읽을 수 있었으면 싶었다. 호수건 넓은 수역이건 그 무엇이건 간에 그의 기억에 없는 곳이지만, 길이가 3킬로미터라면 그곳을 지나는 데만도 꼬박 두 시간은 넘게 걸릴 것이다.

왼쪽에서 두 번, 오른쪽에서 두 번.

브라이언은 꾸준히 앞으로 나아갔지만 노를 젓는 리듬에 따라 다시 정신이 흐릿해졌다. 그러다가 조금 전에 그를 잠들게 했던 것과 똑같은 몽환 상태에 빠져들었다.

이번에는 계속 뜬눈이었는데도, 몽환은 점점 더 심했다.

브라이언의 눈에는 뗏목이 카누로 보였다. 노를 저을 때마다 카누가 날듯이 내달으며 불꼬리를 남겼다. 카누의 앞쪽에서도 불의 파도가 소용돌이쳤다. 브라이언은 통나무 카누가 불이 나서 다 타 버릴까 봐 걱정스러웠고, 도대체 어떻게 물에 불이 붙을 수 있는지 의아스러웠다.

브라이언이 머리를 흔들자 맞은편 귀퉁이에 어머니가 다시 보였다. 어머니는 이내 아버지로 바뀌었다. 아버지는 웃는 얼굴로 노를 좀 더 빨리, 더욱 빨리 저으라고 손짓했다. 이번엔 데릭의 숨소리가 점점 커지더니 브라이언의 머리와 호수와 세계가 온통 데릭의 씨근덕거리는 숨소리로 채워졌다. 심지어 데릭의 쿵쿵거리는 심장 소리까지 들렸다. 데릭의 심장이 쿵쿵 뛰는 소리가 뗏목의 통나무들을 난타하며 메아리쳤다. 마침내 브라이언의 귀에는 애절하게 씨근덕거리는 데릭의 숨소리와 데릭의 심장이 마구 쿵쿵거리는 소리뿐이었다.

브라이언이 머리를 흔들 때면 뗏목은 희미한 달빛 속에서 덜커덩 흔들리면서 앞으로 나아가곤 했다. 데릭은 여전히 모로 누워 있었고, 브라이언은 왼쪽에서 두 번, 오른쪽에서 두 번, 허리를 앞으로 기울였다. 노는 소용돌이를 일으키며 물을 끌어당겼다. 그렇게 서너 번 노를 젓고 다시 몽환에 빠져들곤 했다.

어떤 시점에서는 사향뒤쥐인지 수달인지 비버인지 모를 녀석이 뗏목과 나란히 헤엄을 쳤다. 녀석이 브라이언의 옆에서 헤엄을 칠 때는 물에 V자를 새겼다. 브라이언의 머릿속에서 녀석이 눈 깜짝할 사이에 어떤 짐승의 머리로 바뀌었다. 톱 이빨을 가진 수중 괴물의 머리로. 그 괴물이 머리를 앞뒤로 흔들며 그를 공격하여 넘어뜨리고는 거대한 이빨로 뗏목 밖으로 내던질 기세였다. 브라이언은 괴물에게 먹히기 전에 그놈을 죽여 없애 버리려고 노를 내려놓고 창을 움켜쥐었다. 그러다가 브라이언은 머리를 흔들었다. 환상이 사라지면서 문제의 동물은 수중으로 잠수하고 괴물도 사라져 버렸다. 브라이언은 다시 데릭과 단둘이 남았다. 그는 노를 집어 들고 다시 젓기 시작했다. 몸을 앞으로 굽히고…….

문제의 나쁜 생각이 아침 무렵에 찾아왔다. 브라이언은 그게 어떻게 시작됐는지 알지 못했고 알려고도 하지 않았다. 나중에 알게 되더라도 기억하고 싶지 않았다.

이틀 밤이나 잠을 못 잔 것이 브라이언을 괴롭혔고 뗏목은 빗장을 건 듯 제자리걸음을 쳤다. 그는 다시 강이 시작되는 곳까지 호수의 가장자리를 따라 뗏목을 저으려고 노력했다. 그가 뗏목을 계속 움직이려고 노력하면서 잠과 싸우고 있을 때, 바로 그 문제의 생각이 떠올랐다. 터무니없는 생각, 병적인 생각이 찾아온 것이었다.

뗏목이 느리게 움직이는 것은 무겁기 때문이었다. 뗏목을 무겁게 만들고 움직일 수 없도록 물속에 가라앉히는 것은 뗏목 중간에 매여 있는 사람의 과도한 체중이었다. 그 사람이 사라진다면……? 그 사람이 사라지면 뗏목은 가벼워질 것이고 그는 빨리 움직일 수 있을 것이고 상황은 좋아질 것이다.

데릭만 사라지면 상황은 좋아질 것이다. 무슨 차이가 있단 말인가? 어차피 데릭은 멍청하게 일어서는 바람에 벼락을 맞은 사람인데. 진작 사라졌어야 하는 사람인데.

브라이언은 말없는 형체를 내려다보며 그런 생각을 했다. 너무나 끔찍한 생각이어서 자신이 그런 생각을 하고 있다는 사실을 믿지 못했지만, 분명 그런 생각이 있었다.

'데릭이 사라진다면? 싹 사라진다면?'

데릭만 아니었다면, 그런 일은 발생하지도 않았을 것이다. 아무런 일도 없었을 것이다.

'데릭만 사라지면…… 어떻게든 물속으로 사라지면, 밑바닥으로 계속 가라앉으면……?'

"안 돼!"

브라이언은 거의 비명을 지르다시피 했다. 자신의 목소리에 퍼뜩 잠이 깨어 정신을 차리고는, 깜짝 놀라, 데릭의 다리를 만져 보았다. 데릭이 아직 그곳에 있었다. 브라이언이 밤새 데릭의 끈을 절단하지 않은 것이었다. 이제 데릭은 항상 그곳에 있을 것이다. 브라이언은 자신이 그런 생각을 했다는 것조차 생각하지 않을 것이다. 일순간도.

브라이언은 다시 노를 잡으며 중얼거렸다.

"끝까지, 우리 끝까지 함께 가는 거예요."

브라이언은 그러고도 또 30분 동안을 노를 저으며 잠과 싸웠다. 그러다가 새벽이 오는 상쾌한 기분을 느끼는 동시에 밝아지는 동쪽 하늘을 보았다.

그는 노 젓기를 멈추고, 하늘을 바라보면서, 새벽이 얼마나 빨리 오는지 깜짝 놀랐다. 한순간은 너무 어두워 뗏목에 있는 데릭도 알아볼 수 없었는데, 그다음 순간 강둑이 눈에 들어오면서 어스레한 새벽빛을 받고 있는 나무들이 보였다.

그들은 계속해서 나아갔다.

브라이언이 노를 젓고 있지 않은데도 강둑이 줄줄이 지나갔다. 그가 해낸 것이었다. 그는 호수를 통과해서 다시 강으로 접어들어 물살을 타고 있었다.

"고마워요."

브라이언은 속삭였다. 그렇게 말하면서 그는 그게 또 다른 종류의 기도라는 것을 깨달았다. 강, 물살, 움직임만 고마운 게 아니었다. 다른 것 또한 고마웠다.

데릭과 함께 밤을 지낸 것이…… 해낸 것이 고마웠다.

"고마워요."

19

아침 햇살이 환히 비치자 브라이언은 지도를 꺼내 서류가방 위에 폈다.

그가 밤에 건넌 호수는 지도에 보이지 않았다. 그게 분명했다. 지도에는 크고 작은 호수들이 있었지만, 그중 어느 호수에도 그는 당도하지 않았다. 어느 곳에라도 이미 당도했을 만큼 그는 그렇게 빠르게 움직이지 못했다. 그렇다면 지도가 정확하지 않다는 말이었다.

문제의 호수가 있을 거라고 짐작되는 지점에서 지도는 둑이 좁은 강줄기만 보여 주었다. 지도상에 나타난 호수의 위치가 부정확하다면, 모든 것이 틀릴지도 모르는 일이었다.

구판장까지의 거리를 보자. 지도가 여러 해 전에 제작되었고 최신 정보로 갱신되지 않았다면, 강이 방향을 바꿨을지도 모른다. 심지어 더 이상 구판장을 지나가지 않을지도 모른다.

아예 구판장 자체가 존재하지 않을지도 모른다.

거기까지 생각이 미치자 브라이언은 아찔했다. 지도만 믿고 무작정 호수를 떠난 것이 얼마나 어리석었는지 깨달았다. 변수가 너무나 많았고, 잘못될 가능성도 그만큼 많았다.

브라이언은 지도를 다시 면밀히 검토했다. 그런 끝에 약간의 용기를 얻었다. 지도는 너무나…… 너무나 명확했다. 지도는 기본적으로 맞는 것이 분명했다. 정밀했다. 변수가 있을 수 있지만, 그리 많지 않을 것이다. 아마도 강물이 약간 불었을 것이고, 그가 밤사이에 통과했던 호수는 강물이 높은 데로 오르면서 일시적으로 물이 찬 낮은 곳이고 실제로 지도상에 오를 만큼 계속 유지되는 호수가 아닐 것이다.

확실했다. 논리적으로 그랬다. 아무 문제가 없었다. 이제 그가 할 일은 지도를 믿고, 지도가 대부분 맞는다는 것을 확인하는 방법을 찾는 것이었다.

브라이언은 손가락으로 강을 짚어 가면서, 녹지대를 관통하는 파란 선으로 표시된 강의 행로를 쫓아서, 지금 자신이 있는 곳이 분명하다고 생각되는 지점까지 따라갔다.

여기.

지도가 맞고 브라이언이 맞게 짐작하고 있다면, 그의 손가락이 멈춘 곳 근처에 그가 있을 것이다. 지도에는 길고 곧게 쭉 뻗은 강이 나타났고 등고선들이 서로 멀리 펼쳐져 있었다. 그런 등고선은 그곳이 호수가 있을 수 있는 낮거나 평평한 넓은 수역이라는 뜻이었다.

더욱 다행인 것은 거기서 3킬로미터도 안 되는 짧은 거리에서 등고선들이 점점 빽빽해지고, S자 형의 날카로운 굽이 직후에, 강의 양쪽에 하나씩 두 개의 언덕을 보여 주었다.

뗏목은 지금 순항하고 있었고 아침 햇살이 간밤의 고통과 피곤함을 얼마간 씻어 주고 있었다. 브라이언은 지도를 서류가방에 다시 넣고 나서 데릭을 점검했다. 데릭의 얼굴은 간밤에 모기에 물려서 퉁퉁 부어 있었고, 눈은 부어올라서 감겨 있었다. 브라이언은 자신의 티셔츠에 찬물을 적셔서 데릭의 얼굴을 닦아 주었다. 티셔츠를 강물에 헹구어 데릭의 입을 상쾌하고 깨끗한 물로 적셔 주었다.

브라이언의 눈이 속았는지 아니면 정말인지 모르지만, 데릭은 더 야위어 보였다. 야위는 것이 탈수의 징후가 아닐까 브라이언은 걱정스러웠다.

브라이언은 티셔츠를 다시 한 번 물에 적셔서 데릭의 머리 위에 올려놓았다.

브라이언은 생각했다.

'계속 시원하고 촉촉한 상태로 있으면 도움이 될 거야. 햇빛을 좀 가려 줄 수 있으면…….'

뗏목에 해 가리개나 차양이 있다면 도움이 될 것이다. 브라이언은 강가로 노를 저어서 뗏목을 버드나무와 풀이 있는 곳으로 밀고 들어갔다. 그는 푸른 버드나무와 자투리 풀을 사용해서 데릭의 머리 위에 어쭙잖은 차양을 쳤다. 30분이 걸렸다. 몸 전체를 가리지는 못했지만, 어지간하게 그늘을 드리웠다. 작업을 마치자 브라이언은 뗏목을 가운데 물살로 밀고 나간 다음 다시 주항하기 시작했다.

브라이언은 가면서 언덕이 나오는지 살폈다. 아침과 함께 허기가 찾아왔다. 그는 먹을거리를 생각하기 시작했다. 시리얼과 우유, 토스트, 베이컨, 계란 프라이—아침 식사 냄새가 뗏목 위에 감도는 듯했다.

그게 그를 괴롭혔지만, 그건 옛 친구이자 적이기도 했다. 브라이언은 먹을거리에 대한 생각을 떨쳐 내고 대신 무엇을 할 것인지 생각하면서 그날의 행동 계획을 하나하나 세웠다.

정확한 위치를 파악하고, 속도를 계산하고, 계속해서 나아간다—한 번에 한 걸음씩.

시간.

시간은 참 이상했다. 어떨 땐 아무런 의미도 없다가도, 또 어떨 땐 모든 것을 의미했다. 마치 음식 같다고나 할까. 없으면 아쉽고 많으면 관심이 없어지니까.

브라이언은 기지개를 켜면서 한숨을 쉬었다.

"보세요, 우리가 카누를 타고 있고, 점심을 먹었고, 냉장고에 탄산음료가 가득하다면, 여기가 세상에서 가장 아름다운 곳이라고 생각할 거예요."

브라이언은 생각했다.

'이곳은 진짜로 아름다워.'

나무들이, 소나무와 가문비나무와 히말라야삼나무들이 어찌나 높이 솟았는지 강이 좁아 보일 정도였다. 흐르는 물살에 강둑이 잘려나간 곳마다 나무들이 강 위로 기울어 있어서 물에 닿을 것 같았다. 그런 나무들 덕에 강이 부드러운 녹색 터널처럼 보였다.

강의 특성이 바뀌었다. 갑작스러울 정도로 바뀌었지만, 아주 자연스런 흐름의 변화여서 브라이언은 얼마 동안 변화를 의식하지 못했다. 나무들은 점점 더 가까이 다가오고 덤불숲은 더 울창하게 우거지고 강둑은 더욱 높아졌다.

강둑에 풀이 무성하고 경사가 완만하다 했더니, 어느새 강둑이 더 가팔라지고 깎여 나가서 진흙을 드러내고 있었다. 나무들이 너무 빽빽하고 높게 솟아 있어서 지도상의 언덕에 당도하더라도 그곳을 알아볼 수 없을 것 같았다. 그는 푸른 둑 이외에는 아무것도 볼 수 없었다.

브라이언은 데릭의 얼굴을 몇 번 더 닦아 주었다. 이제껏 뗏목은 쉬지 않고 움직였다. 잠시 쉬고 났더니 뗏목이 또 다른 굽이에 진입하고 있었다.

브라이언은 젖은 티셔츠를 다시 걸치고, 노를 집어 들어 젓기 시작했다. 뗏목의 뒷부분을 회전시켜서 뗏목을 계속 물살 중앙에 있게 했다.

이제 곧 볕이 따가워져서 그를 뜨겁게 달구겠지만, 브라이언은 그건 문제가 되지 않을 거라고 생각했다. 그의 손도 노의 거친 나뭇결에 다 까졌지만 그것 또한 문제가 되지 않았다.

지금 중요한 것은 계속해서 나아가는 것이었다.

20

지도에 표시된 언덕이 보였다. 그가 생각했던 것보다 일찍 나타났다.

지도상의 그 언덕이 맞았다. 브라이언은 그럴 거라고 확신했다. 앞쪽으로 양편에 가파른 언덕이 솟아 있었다. 둥그스름하지만 높고, 나무가 빽빽이 들어차 있었다.

정오쯤이었고 태양이 이글이글 내리쬐고 있었다. 브라이언은 해 가리개 아래로 손을 뻗어 찬물에 적신 티셔츠로 데릭을 다시 시원하게 해 주었다.

"우리 잘 가고 있어요."

브라이언이 말했다. 그의 목소리는 극도의 피로로 탁하게 갈라졌다. 그렇게 말하면서도 믿기지 않았다.

“우리 지금 잘 가고 있는 중이에요…….”

그런데 그의 말이 떨어지기 무섭게 그게 사실이 되었다. 뗏목이 속도를 내고 있었다. 심지어 그가 노를 젓지 않고 지켜보고 있는데도 뗏목은 속도를 더하는 듯했다.

“우린 잘 달리고…….”

브라이언은 그렇게 말을 꺼냈지만, 뒤미처 불길한 예감에 말꼬리를 흐렸다.

지도에 등고선들이 밀집한 것은 언덕 사이의 둑이 가파르다는 의미였다.

언덕과 가파른 둑이 있다면, 강물이 낙하하고, 낙차가 생길 수도 있다는 뜻이었다.

브라이언은 지도를 한 번 더 보려고 서류가방으로 손을 뻗었다. 하지만 손을 반쯤 뻗다가 멈췄다.

소리가 들려왔다.

처음에는 무슨 소리인지 종잡을 수 없는 소리였다. 새소리 때문에 그의 귀에 잘 들리지도 않을 만큼 아주 미미한 소리였다.

하지만 또다시 소리가 났다.

‘쏴아? 저게 무슨 소리지?’

아니.

‘쏴아’ 하는 소리보다 낮았다. 들려서 아는 소리가 아니고, 감으로 아는 소리였다.

쏴아…… 물소리였다.

물소리.

우르르 울리는 소리. 빠르게 움직이거나, 쏟아져 내리거나, 떨어지는 물소리.

떨어지는 물.

폭포.

그들은 폭포를 향해 치닫고 있었다.

21

남은 시간이 없었다. 강이 약간 좁아졌지만 낙차가 심해지면서 속도가 믿을 수 없을 정도로 증가했다.

그들은 정확히 강 한복판에 있었다. 브라이언은 강가로 벗어나 멈춰야 한다는 것을 알았다. 하지만 그럴 겨를이 없었다.

뗏목은 그의 걸음 속도의 두 배로 달렸다. 이제 뗏목은 상당히 기우뚱거렸다.

물소리는 더욱 커졌다.

강가를 향해 노를 저으려고 해도 기껏해야 뗏목을 옆면으로 돌리는 정도로 그치고 말 것 같았다. 브라이언은 폭포를 넘을 수 있을지 어떨지 전혀 확신할 수 없었지만, 그가 실제로 폭포를 넘을 수 있더라도, 절대로 뗏목을 옆면으로 돌려서 넘으려는 시도는 하고 싶지 않다는 것만큼은 확실했다. 앞쪽으로 멀리 폭포를 넘으면 쉽게 뒤집히지 않을 것 같았다. 옆면으로 짧게 넘으면 쉽게 뒤집히겠지만.

물소리는 이제 완전한 굉음이었다. 불과 몇 초 만에 그들은 굽이를 빙 돌았고, 브라이언의 눈에 그것이 보였다.

"아, 하느님……."

브라이언은 속삭였다.

그것은 폭포가 아니었다. 과거에는 폭포였는지도 모르지만.

강은 두 개의 거대한 암벽 사이로 흐르고 있었는데, 그 암벽은 브라이언이 지도에서 본 두 언덕의 측면을 이루는 것이었다.

암벽 때문에 강의 너비가 더 좁아지고, 수심은 더 깊었으며, 동시에 양쪽 암벽에서 갈라진 약간의 둥근 바윗돌들이 강 가운데로 떨어졌기 때문에 강물은 바윗돌을 헤치다시피 흐르고 있었다.

그 모든 것이 괴물 같은 급류를 형성하는 요인이 되었다. 강물은 그곳을 빠져나가려고 싸우며 포효했고, 거대한 백색 물보라를 일으키며 바윗돌과 세차게 부딪히고 있었다.

뗏목은 급류의 복판을 정확히 겨냥하여 내달았다.

뒤미처 걷잡을 수 없는 상황이 일어났고, 브라이언은 그런 상황에 속수무책이었다.

뗏목이 살아 있는 것처럼 굴더니, 사납고 실성한 동물로 돌변했다.

뗏목의 머리가 강의 고삐를 부여잡고 흐르는 물살에 매달려 휩쓸리면서 실성한 물을 타고 함께 내달렸다.

브라이언은 가까스로 데릭을 내려다보고, 그가 아직 뗏목에 안전하게 묶여 있는지 겨우 확인했다. 그리고 그대로 급류에 휩쓸리고 말았다.

뗏목이 껑충 뛰어오르더니 강물로 철써덕 떨어져 옆을 마구 부딪쳤다. 브라이언은 어떻게든 뗏목을 조종해 보려고 했다. 노를 가지고 뗏목의 뒷부분을 왼쪽과 오른쪽으로 번갈아 틀면서 바윗돌을 피하려고 했다. 하지만 아무 소용 없었다.

물이 뗏목을 소유했고, 데릭을 소유했고, 브라이언을 소유했다. 브라이언은 포효하며 우르릉우르릉 우레와 같은 굉음을 토하는 강에서 어떻게 할 수가 없었다.

그들은 쏜살같이 내달았다. 뗏목의 통나무들이 물을 박차고 일어섰다가 쾅 주저앉는 바람에 브라이언의 이가 으드득 갈렸다.

급류의 복판에 바윗덩어리가 있었다. 파도와 물보라에 젖은 거대한 회색 바윗덩어리였는데 뗏목이 바로 그 바윗덩어리를 향해 직진하고 있었다.

브라이언은 비명을 지르며 얼른 몸을 던져 데릭을 감쌌다. 그의 비명 소리는 포효하는 물소리에 묻혀 버렸다. 뗏목은 왼쪽으로 약간 빙빙 돌면서 바윗덩어리와 충돌했다.

브라이언은 한순간 그들이 돌파했다고 생각했다.

그가 감싸고 있는 데릭의 몸이 휘청하더니 뗏목 바닥으로 도로 떨어졌다. 뗏목은 타격을 받아 흔들흔들하고 휘어졌지만, 아직 하나로 묶여 있었다. 한 가지는 분명했다.

'우린 돌파했어.'

그때 다른 것이 그들을 강타했다. 강 복판의 거대한 바윗덩어리 옆으로 물속에 숨은 바윗덩어리가 하나 더 있었다. 그 바위는 거센 파도에 감춰진 채로, 강 복판과 왼쪽 암벽 중간쯤에 왼쪽으로 비스듬히 놓여 있었다.

뗏목의 코가 그것을 들이받고, 압력에 밀려 그 바윗덩어리의 억센 등에 올라타, 잠시 매달렸다가, 미끄러져, 곤두박질쳤다.

뗏목이 곤두박질하는 바람에 뒷부분이 물속에 처박히면서 물밑에 잠긴 거대한 바윗덩어리를 들이받고 말았다.

"우지직!"

브라이언은 뗏목이 부딪히는 소리를 들었고, 그 엄청난 충격과 소리를 온몸으로 느꼈다. 그는 뗏목을 부여잡고, 데릭의 밑에 있는 통나무에 매달리려고 했지만 소용이 없었다.

뗏목의 뒷부분이 바위를 걷어차면서 철썩 그를 후려쳐서 날려 버렸다. 브라이언은 뗏목에서 완전히 벗어나 공중에 붕 뜨고 말았다.

그는 아주 잠깐 공중에 떠서 뗏목과 데릭을 내려다보았다. 그런 다음 추락했다. 부글부글 부서지고 있는 물보라 속으로 떨어져 내렸다.

모든 것이 미친 것 같았다. 북적북적하는 녹색 거품도, 콰르릉콰르릉하는 물소리도, 정신없이 소용돌이치는 강물도.

브라이언은 잠시 물 위로 떠올랐다. 뗏목이 데릭을 싣고 쏜살같이 내달는 것이 보였다. 그러고는 이내 또다시 물속에 처박혔고, 거센 파도에 짓이겨지고 휘둘리다가 바닥의 바윗덩어리에 부딪혀 깨지고 말았다. 그런데도 그는 살아남아야 한다는 생각을 버리지 않았다.

'일어나야 해. 공기를 마셔야 해. 뗏목으로 돌아가야 해.'

그러나 파도는 그에게 너무 거대한 무게였다. 파도가 집채처럼 느껴졌다. 세계가 그를 누르고 있었다. 브라이언은 그에 맞서서 일어설 수가 없었다.

그는 필사적으로 바위를 움켜잡고 얼굴이 깨지는 것을 막아보려고 했다. 그러다가 다시 급류에 휩쓸려 내려갔고, 강바닥에 처박혀 버렸다.

'옆으로 기어.'

옆으로 기어야만 했다. 깨지고, 두들겨 맞으면서도, 거센 파도 아래에서 몸을 질질 끌고 옆으로 기었다.

파도가 한층 더 세졌다. 브라이언은 일어설 수도, 공기를 마실 수도 없었다. 폐가 곧 터져 버릴 것 같았다. 그의 폐는 물속에서라도 숨을 쉴 것을 요구했다. 브라이언은 그런 충동을 의지로 물리치고 억눌렀다. 하지만 사정은 더 악화됐고, 이제는 끝장이라는 생각이 들었다. 공기인 양 물을 들이마시지 않을 수 없었던 그때, 그가 죽어 가던 바로 그때, 거센 파도가 끝나는 지점인 바윗덩어리의 측면을 돌파했다.

물살이 포효하며 바윗돌을 지나가면서 나뭇조각 같은 브라이언을 낚아채 하류로 빨아들였다.

숨을 한 번 캑캑거리며 토해 냈더니 정신이 들었다. 그는 눈을 뜨고 뗏목이 어디 있는지 눈에서 물을 털어 내 가면서 살폈다. 뗏목은 사라지고 보이지 않았다. 뒤미처 그는 물살에 휩쓸려 다시 강바닥까지 내려갔다. 녹색 파도의 포효 속에서 그는 바윗덩어리에 부딪히면서 곤두박질을 거듭했다. 마침내 숨을 쉬어야 한다는, 살아야 한다는 절체절명의 욕구 이외엔 아무런 생각도 들지 않았다. 그때 그의 머리가 단단한 무엇인가와 폭발적으로 충돌했다. 브라이언은 아무것도 생각할 수 없었다.

22

눈꺼풀 안쪽에 밝은 빛이 번쩍였다. 붉고 현란한 빛이었다. 브라이언은 눈을 뜨고 자신이 누워서 태양을 정면으로 바라보고 있다는 것을 알았다.

"캑캑!"

브라이언은 배를 부여잡고 엎드려 물을 토했다. 물이 목에 걸려 숨이 막힐 지경이었다.

그는 급류의 하류에 형성된 얕은 여울에 있었다. 강가의 작은 구석으로 밀려 온 것이었다.

강여울의 수심은 15센티미터 정도였고 강바닥은 자갈이었다. 브라이언의 감각이 돌아왔다. 감각이 회복되면서 그는 자신이 무사하다는 사실을 깨달았다. 몸에 타박상을 입었을 뿐, 부러진 데도 하나 없었다. 그는 물을 조금 들이켰다. 하지만 이내 캑캑대며 다 토해 냈다.

그는 괜찮았다.

'데릭.'

그 단어가 확 떠올랐다.

'까맣게 잊다니, 어떻게…….'

브라이언은 일어섰다. 다리가 약간 후들거렸으나 버티고 섰다. 그리고는 아래쪽 강을 둘러봤다.

그곳에서 1킬로미터 정도는 강이 곧게 흘렀다. 나무와 울창한 덤불 사이에 파묻혀 흐르는 파란 강줄기. 초록색을 배경으로 한 파란 선은 갈수록 더 고요하고 평화로워 보였다. 새들이 강을 가로지르며 날아다니고 강에서는 오리들이 헤엄치고…….

뗏목은 없었다.

브라이언은 몸을 돌리고, 물을 뚝뚝 흘리며, 강 상류 쪽의 급류를 살폈다.

하류에서 보니 급류가 그렇게 나빠 보이지도 않았다. 거센 파도도 작아 보이고 심지어 바윗덩어리도 그렇게 커 보이지 않았다. 아직 물소리가 들려왔다. 그 물소리마저도 너무 조용했지만.

그러나 뗏목은 없었다.

데릭도 없었다.

"데릭 아저씨!"

브라이언은 고함을 쳤다. 소용없는 줄 알면서도.

그는 다시 강 하류를 살폈다. 뗏목이 급류에서 정지할 일은 전혀 없었다. 급류를 타고 하류로 내려올 수밖에 없었다.

'무슨 일이 있었더라?'

브라이언은 얼굴을 찡그리며 그동안의 일을 기억해 내려고 애를 썼다.

'아, 그래, 파도였어.'

물속에 잠긴 거대한 바윗덩어리와 파도. 엄청난 파도가 뗏목을 후려치는 것을 그의 눈으로 목격했다. 뗏목이 하류로 떠내려가는 것까지. 그가 생각하기에 뗏목은 뒤집히지 않았다. 그가 기억하기에 뗏목은 곧추섰었던 것 같았다.

'그런데 데릭 아저씨는? 뗏목에 붙어 있었던가?'

확실히 기억나지 않았다. 하지만 데릭이 붙어 있었던 것 같았다. 모든 것이 너무 혼란스러웠다. 급류에 곤두박질치면서 머리의 나사가 풀린 것 같았다.

브라이언은 공황 상태와 싸웠다.

상황은 끝났다. 상황은 보는 바와 같았다. 만일 뗏목이 전복했다면, 아니 데릭이 뗏목에서 떨어졌다면, 그렇다면…… 정말 그렇다면, 그것으로 끝이었다.

그렇지 않다면, 데릭은 아직 무사할지 모른다.

"아저씨가 아직 살아 있다고 생각해야 해."

데릭이 아직 살아서 여전히 뗏목에 붙어 있다면 강 하류에 있을 것이다.

'아저씨를 따라잡아야 해. 뗏목을 따라잡아야 해.'

브라이언은 강둑을 따라서 움직이기 시작했다. 50미터 정도는 잘 움직였다. 강바닥은 급류에 밀려온 자갈이었는데, 자갈 바닥도 거기가 끝이었다.

순식간에 강은 다시 평탄한 지역으로, 그리고 여러 늪과 호수로 빠르게 흘러들었다. 그리고 가장 먼저 일어난 변화는 강바닥이 자갈에서 진흙으로 바뀐 것이었다.

브라이언은 강둑으로 올라가 달려 보려고 했다. 하지만 정글과 다름없을 정도로 덤불이 빽빽하게 우거졌고 너무 거칠었다. 풀, 버드나무, 무성한 넝쿨이 그를 잡아챘고 그의 길을 가로막았다.

브라이언은 다시 강으로 들어갔다. 하지만 이번엔 진흙이 그의 발목을 잡았다. 걸으려고 하면 체중이 발에 실리면서 발이 푹푹 빠져 계속 허우적거리느라 1미터도 가지 못했다. 진흙이 찰떡처럼 달라붙어 잡아당기는 바람에 오른쪽 테니스화가 벗겨졌다. 신발을 찾으려고 손으로 진흙을 더듬자 진흙이 그의 팔을 붙잡고 그를 끌어당기는 것 같았다. 진흙이 그를 쓰러뜨리려고 기를 쓰는 것 같았다.

브라이언은 신발을 잃어버리고, 깨금발로 다시 강둑에 올랐다. 뗏목을 추적하려면 한 가지 길밖에 없다는 것을 알았다.

"헤엄을 쳐야 해."

'하지만 얼마나?'

그는 생각했다.

'그건 문제가 되지 않아. 데릭 아저씨는 하류 어딘가에 있어.'

브라이언은 그를 따라잡아야만 했다.

그는 머리를 끄덕이며 남은 신발 한 짝을 벗어서 강둑에 놔뒀다. 바지는 벗지 않았다. 바지는 별로 무겁지 않았다. 그리고는 강물로 들어가서 진흙을 헤치며 강둑에서 멀어졌다. 마침내 그의 몸이 물에 약간 뜨기 시작할 정도로 멀리 나갔다.

브라이언은 발을 차서 진흙을 털어 냈다. 그리고는 헤엄을 치기 시작했다. 스트로크 동작을 세 번도 하기 전에 그는 자신이 몹시 지쳤다는 것을 알았다. 급류에 휩쓸려 실컷 두들겨 맞은 터라 전신이 쑤시고 맥이 빠졌다.

그러나 브라이언은 멈출 수 없었다. 그는 가장자리를 따라 전진했다. 반은 헤엄치고 반은 진흙 바닥을 발로 밀어 가면서.

하류를 향해서.

뗏목을 따라잡아야 했다.

23

브라이언은 그날 오후 딴사람이 되었다.

출발할 때 찾아온 극심한 육체적 고통도 이겨내고 근육도 얼마간 풀리자, 그는 헤엄쳐 나아가면서 생각을 하려고 노력했다.

'뗏목이 어딘가에 걸리지 않았다면, 물살과 함께 움직이고 있을 거야.'

브라이언 또한 물살과 함께 움직일 것이고, 게다가 헤엄치는 속도도 있으니까, 빠르게 따라잡을 수 있을 것 같았다.

그러나 그가 첫 굽이를 돌아도 뗏목은 보이지 않았다. 전방 200미터의 다음 굽이를 다 지났는데도 뗏목은 보이지 않았다. 어쩔 수 없이 걱정이 앞섰다.

브라이언은 강 가장자리에 멈추고 버틸 수 있을 만큼 진흙에 서 있었다.

다음 굽이까지는 거의 500미터였지만 뗏목은 보이지 않았다.

몸의 모든 근육이 화끈거렸다. 그는 얼른 물속으로 들어가서 다시 헤엄치기 시작했다. 길고 고른 스토로크 동작으로 진흙을 박차며 전진했다. 몸을 앞으로 당기고 또 당겼다.

또 다른 굽이, 그리고 또 다른 굽이가 항상 도래했다. 그때마다 브라이언은 머릿속에 정지된 평온무사한 형상, 윗면에 풀이 덮인 뗏목을 찾아서 눈을 두리번거렸다.

아무것도 없었다.

강이 데릭을 삼켜 버린 듯했다. 모두 여섯 개의 얕은 굽이를 돌았는데도 뗏목은 없었다.

'내가 조종하려고 애쓸 때는 굽이마다 걸려서 지체하던 멍청한 뗏목이, 이제 와서 심술궂게 강의 중앙을 지키는 걸까?'

양쪽 강가에는 녹색 벽, 즉 바위투성이 언덕이 사라지면서 점점 높이 자라는 나무들 말고는 아무것도 없었다. 나무가 강의 윗면까지 거의 뒤덮고 있어서, 그가 강가를 따라 헤엄을 칠 때도 그를 포위하고 그의 눈을 가렸다. 브라이언은 비명을 지르고 싶었지만 오히려 한 스토로크, 그다음 또 한 스토로크를 혼신의 힘을 다해서 당기고 또 당겼다. 이윽고 그와 물 사이에는 아무런 마찰도 없게 되었다. 그가 물이었고 물이 그였다. 드디어 그가 강이 되었다. 그리고 마침내 뗏목에 당도했다.

브라이언은 뗏목을 지나칠 뻔했다.

그는 버드나무 숲 가까이로 헤엄치면서 얼굴을 물속에 묻고 있었다. 왼쪽 팔을 뻗으면서 머리를 들었는데, 그 순간 그의 눈에 뗏목이 잡혔다.

뗏목은 모든 굽이와 커브를 이럭저럭 지나와서 그곳에서 작은 역류를 만난 게 틀림없었다. 얕은 커브 바깥쪽으로 밀렸다가 강 위로 뻗친 버드나무들과 키 낮은 나무들 밑으로 깊숙이 미끄러져 들어간 상태였다.

보이는 것은 뗏목의 뒤쪽 끝 부분, 그러니까 데릭의 신발 바닥뿐이었다.

"아저씨!"

앞서 브라이언의 손이 뗏목을 거의 스쳤었지만, 바로 그 시점에서 그가 얼굴을 들지 않았더라면 뗏목을 그만 놓치고 말았을 것이다.

브라이언은 뗏목을 움켜쥐고 자기 쪽으로 끌어당겼다.

데릭은 여전히 거기 누워 있었다. 몸이 움직였는지 뗏목에 비스듬히 걸쳐 있긴 했지만.

"데릭 아저씨."

브라이언은 다시 한 번 불러 보았다. 다정하게.

데릭은 모로 누워 눈을 반쯤 뜬 모습 그대로였다. 하지만 데릭이 급류에서 단 한순간이라도 물에 잠겼다면, 이미 늦어 버린 상태였다.

"아저씨."

데릭은 다 끝난 것처럼, 잘못된 것처럼, 죽은 것처럼 보였다.

손목을 짚어 봤지만 아무런 맥박도 느낄 수 없었다. 가슴을 살폈지만 움직이지 않는 것 같았다. 브라이언은 몸을 숙이고 데릭의 입에 자신의 귀를 대고 숨을 죽였다.

'아, 있어.'

브라이언의 귀에 희미하게나마 호흡이 느껴졌다. 한 번, 다시 또 한 번. 조금씩 내쉬는 숨.

"아저씨."

데릭은 살아 있었다, 아직 살아 있었다.

그와 동시에 브라이언의 모든 것이 풀어지는 것 같았다. 몸도, 마음도, 영혼도 완전히 기진맥진해서 그대로 데릭 옆에 쓰러져 버렸다. 잠을 자는지 무의식인지 알 수 없는 상태로. 양다리는 여전히 물에 빠진 채로.

"데릭 아저씨."

24

갑자기 브라이언은 노를 젓고 있었다.

눈을 크게 뜨고 데릭의 뒤에서 무릎을 구부리고 몸을 숙여 노를 당기고 있었다. 브라이언은 자신이 어떻게 노를 잡게 되었는지 전혀 알지 않았다.

브라이언은 손에 새 노를 들고 있었다. 한쪽 끝이 두 갈래로 갈라진 나뭇가지를 대충 다듬고, 데릭의 바지 자락에서 찢어 낸 조각으로 두 갈래를 당겨 매어서 노깃을 만들었다. 그 노로 브라이언은 뗏목을 젓고 있었고 햇빛이 그를 비추고 있었다. 그에게는 그 모든 것이 신기하기만 했다.

다른 세계였다.

“틀림없이 잠을 잤고, 잠을 자며 움직인 것 같은데…….”

서류가방은 사라졌다. 급류에 휩쓸려 사라져 버렸다. 가방과 함께 지도도 사라졌다. 하지만 문제될 건 없었다.

강둑은 초록색 일색이었고, 강은 다음 굽이까지 쭉 뻗어 있었다. 나무들이 강 위를 온통 뒤덮고 있어서, 틈새로 보이는 가늘고 길게 갈라진 하늘, 바로 앞에 흐르는 강물, 그리고 가도 가도 끝없는 초록색 이외엔 아무것도 보이지 않았다.

지도하고 대조해 보고 말고 할 것도 없었다.

브라이언은 더 이상 생각도 할 수 없었다. 얼마나 왔는지, 얼마나 많은 시간을 아니면 얼마나 많은 날을 주행했는지, 구판장까지는 얼마나 남았는지 전혀 감이 잡히지 않았다. 지금 그가 할 수 있는 거라고는 노를 당기는 것뿐이었다. 노를 당겨서 뗏목을 끌고 나아가는 것뿐이었다.

브라이언은 아무것도 인식하지 못했다. 아는 것은 뗏목과 노와 자신의 손뿐이었다. 이제 그의 손은 피가 흐르다 못해 뻘겋게 염증을 일으킨 채로 거친 노 손잡이에 달라붙어 있었다. 어떻게든 데릭을 강 하류로, 어디든 강 하류로, 하류로 데려가야 한다는 절박함밖에 없었다.

먹을거리, 배고픔, 집, 거리, 잠, 육체적 고통 같은 것은 더 이상 아무 문제도 되지 않았다.

중요한 것은 목적지에 당도하는 것뿐이었다.

허리를 앞으로 숙이고 양팔을 뒤로 당겼다. 왼쪽에서 두 번, 오른쪽에서 두 번.

왼쪽 두 번. 오른쪽 두 번.

두 번. 두 번.

그 긴 낮이 지나고 긴 밤이 되도록, 브라이언은 내내 뗏목을 저어 갔다. 생각을 할 수 없어서 환각도 오지 않았다. 뗏목의 앞부분과, 데릭, 그리고 강 이외엔 아무것도 없었다.

강.

1,000일째인지, 8일째인지 브라이언은 아무런 감각이 없었다. 몇 날 며칠인지 몰라도 그다음 날 아침 어떤 시점에서 강이 넓어지면서 왼쪽으로 광대한 커브를 그렸다. 강의 너비가 1킬로미터 이상으로 넓어졌다. 그리고 브라이언은 어떤 건물의 지붕과 자연적인 게 아닌 일직선의 나무들을 보았다고 생각했다. 뒤미처 그는 개 소리를 들었다. 개가 짖어 대는 소리였다. 늑대나 코요테가 아닌 개 소리였다.

작은 부두가 있었다.

사람들이 기르는 개였고, 사람들이 가지고 있는 부두였다. 브라이언은 계속 노를 당겼다. 여전히 아무것도 생각할 수 없었고 스토로크 동작조차 취할 수가 없었지만, 그는 강 끝까지 노를 당겼다. 마침내 뗏목이 부두의 옆구리를 슬쩍 건드렸다. 뗏목이 뒤뚱거리면서 그의 손에서 노가 떨어져 나갔다.

그의 기력이 다한 것이었다.

강둑 위에서 갈색과 흰색 얼룩이 있는 작은 개가 브라이언을 보고 짖어 댔다. 짖을 때마다 꼬리를 사납게 흔들면서 등의 털을 곤두세웠다. 브라이언이 지켜보고 있으려니, 동그란 얼굴의 어린 소년이 개 옆에 나타났다.

"도와줘요. 나 좀 도와줘요."

브라이언은 그렇게 말했다고 생각했다. 그러나 아무런 소리도 들리지 않았다. 그 소년의 얼굴이 사라지고 나서 잠시 후 두 사람이 왔다. 남자와 여자 어른이었다. 두 사람은 부두로 달려와서 아래 있는 브라이언을 내려다봤다. 브라이언의 몸이 그들을 향해 추어올렸다가, 그의 찢어진 양손이 옆구리에서 축 늘어져 물속으로, 강물로 떨어졌다.

강으로.

"데릭 아저씨를……."

그제야 비로소 도움의 손길이 뻗쳤다. 사람 손이 브라이언을 부두로 끌어 올렸다. 그리고 그 사람이 물로 뛰어들어서 묶여 있는 데릭을 풀고 데려갔다.

손길.

구원의 손길.

끝났다.

에필로그

브라이언과 데릭 그리고 뗏목은 190킬로미터의 강 끝까지, 시속 3킬로미터의 물살 속도로 63시간 가까이 주행했다.

브라이언이 출발했을 때 뗏목의 무게는 대략 100킬로그램이었는데, 강을 따라 내려오면서 줄곧 물을 먹어서 구판장에 도착했을 즈음에는 거의 두 배가 되었다. 그 정도의 무게는 사실 모피를 얻기 위해 덫을 놓는 사냥꾼들이 모피용 동물을 실어 나르는 배의 작은 선실 무게에 지나지 않았다. 구판장은 부부와 어린 소년이 살면서 꾸려 나가고 있었는데, 성능 좋은 무전기를 갖고 있어서 구조를 요청할 수 있었다.

데릭의 혼수상태는 그리 심각한 편이 아니었다. 사실 브라이언이 주행을 하지 않았더라도 데릭은 무사했을 정도였다. 비록 탈수 현상으로 심하게 고생은 했겠지만. 데릭은 1주일이 지나면서 혼수상태를 벗어나기 시작했고, 6개월이 못 가 완전히 회복했다.

주행하는 동안 브라이언은 5킬로그램이 줄었다. 주로 수분이 빠졌는데 수분을 보충하려고 끊임없이 강물을 마셨지만 역부족이었다. 그의 손은 물속 박테리아에 감염되었다. 그러나 브라이언은 빠르게 회복했다. 손도 놀랍도록 터프해졌다. 이상하게도 노를 저어 강을 내려온 고통에 따른 후유증도 겪지 않았다. 아마도 그의 먼젓번 경험이, 그때 **그 시절**이 그에게 아주 좋은 가르침을 준 덕인 것 같았다.

브라이언의 어머니와 아버지는 다시는 그를 숲에 보내지 않을 거라고 맹세했지만, 얼마간 시간이 흐른 뒤에 브라이언이 자신도 원시림에서 살아남을 수 있는 자격을 갖춘 사람들 가운데 하나라는 사실을 언급하자 좀 누그러졌다.

* * *

사건이 있고 7개월쯤 뒤, 브라이언 혼자 집에서 저녁밥으로 무엇을 해 먹을까 생각하고 있었다. 그때 초인종이 울렸다. 문을 열어 보니 집 앞 도로에 대형 트럭이 주차해 있었다.

"브라이언 로브슨인가요?"

운전사가 물었다.

브라이언은 고개를 끄덕였다.

"택배입니다."

운전사는 트럭 뒤로 가서 문을 열고 5미터 길이의 케블라(Kevlar, 초강력 섬유로 강도, 탄성, 진동 흡수력 등이 뛰어나 진동 흡수 장치나 방탄복 등에 쓰임: 옮긴이) 카누를 꺼냈다. 카누 뒷부분에 직각으로 붙어 있는 좌석에 노가 달려 있었다. 가볍고 우아한, 아름다운 카누였다. 몸체가 부드러운 유선형으로 되어 있어서 노 젓기도 무척 쉬워 보였다.

양쪽 뱃머리에는 금색 글자로 이렇게 쓰여 있었다.

뗏목.

"데릭 홀처라는 분이 보냈네요."

운전사는 그렇게 말하면서 카누를 잔디에 내려놓았다.

"안에 쪽지가 있어요."

운전사는 다시 트럭에 올라타서 차를 몰고 사라졌고, 브라이언은 쪽지를 찾았다.

"다음번에는……."

브라이언은 소리 내어 읽었다.

"노 젓기가 그리 힘들지 않을 거야. 고마워."